梦之海

刘慈欣 ◆ 著

科学普及出版社
·北 京·

图书在版编目（CIP）数据

梦之海 / 刘慈欣著． -- 北京：科学普及出版社，2025.1（2025.7 重印）． -- ISBN 978-7-110-10842-0

Ⅰ . I247.7

中国国家版本馆 CIP 数据核字第 20246XL395 号

策划编辑	王卫英
责任编辑	王卫英　齐倩颖
封面设计	中文天地
封面绘图	李万钧
正文设计	中文天地
责任校对	邓雪梅
责任印制	徐　飞

出　　版	科学普及出版社
发　　行	中国科学技术出版社有限公司
地　　址	北京市海淀区中关村南大街 16 号
邮　　编	100081
发行电话	010-62173865
传　　真	010-62173081
网　　址	http://www.cspbooks.com.cn

开　　本	889mm×1194mm　1/32
字　　数	103 千字
印　　张	5.875
版　　次	2025 年 1 月第 1 版
印　　次	2025 年 7 月第 3 次印刷
印　　刷	北京长宁印刷有限公司
书　　号	ISBN 978-7-110-10842-0 / I・756
定　　价	30.00 元

（凡购买本社图书，如有缺页、倒页、脱页者，本社销售中心负责调换）

目录

梦之海　　　　　1

诗　云　　　　　43

欢乐颂　　　　　86

山　　　　　　　124

纤　维　　　　　170

梦之海
MENG ZHI HAI

上 篇

低温艺术家

是冰雪艺术节把低温艺术家引来的。这想法虽然荒唐，但自海洋干涸以后，颜冬一直是这么想的。不管过去多少岁月，当时的情景仍然历历在目。

当时，颜冬站在自己刚刚完成的冰雕作品前，他的周围都是玲珑剔透的冰雕，向更远处望去，雪原上矗立着用冰建成的高大建筑，这些晶莹的高楼和城堡浸透了冬日的阳光。这是最短命的艺术品，不久之后，这个晶莹的世界将在春风中化作一汪清水。这一过程除了带给人一种淡淡的忧伤，还包含了更多说不清道不明的东西，这也许正是颜冬迷恋冰雪艺术的真正原因。

颜冬把目光从自己的作品上移开，下决心在评委会宣布获奖名次之前不再看它。他长出一口气，抬头扫了一眼天空，就在这时，他第一次看到了低温艺术家。

最初他以为那是一架拖着白色尾迹的飞机，但那个飞行物飞行的速度比飞机要快得多。它在空中转了一个大弯，那尾迹如同一支巨大的粉笔在蓝天上随意地画了个钩，在"钩"的末端，那个飞行物居然停住了，就停在颜冬正上方的高空中。尾迹从后向前渐渐消失，像是被它的释放者吸了回去似的。

颜冬仔细观察尾迹最后消失的那一点，发现那个点不时地出现短暂的闪光。他很快确定，那闪光是由于一个物体反射阳光所致。接着，他看到了那个物体，它是一个小小的球体，呈灰白色。很快他又意识到那个球体并不小，它看上去小只是因为距离的原因，它这时正在飞快地扩大。颜冬很快明白了，那个球体正在从高空向他站的位置掉下来，周围的人也意识到了这一点，立刻四散而逃。颜冬也低头跑起来，他在一座座冰雕间七拐八拐。突然间，地面被一个巨大的阴影所笼罩，颜冬的头皮一紧，一时间血液仿佛凝固了。但预料的打击并未出现，颜冬发现周围的人也都站住了，呆呆地向上仰望。他也抬头看，那个巨大的球体就悬在他们上空百米左右的位置。它并不是一个完全的球体，似乎在高速飞行的过程中被气流冲击得变了形：向着飞行方向的一半是光滑的球面，另一半则出现了一束巨大的毛刺，使它看上去像一颗被剪短了彗尾的彗星。它的体积很大，直径肯定超过了一百米，像一座悬在半空中的小山，使地面上的人产生了一种巨大的压迫感。

急剧下坠的球体在半空中急刹住后，被它带动的空气仍向下冲来，很快到达地面，激起了一圈飞快扩散的雪尘。据说，当非洲的土著人首次触摸西方人带来的冰块时，总是猛抽回手并惊叫：好烫！在颜冬接触到那团下坠的空气的一刹那，他也产生了这种感觉：这团空气的温度一定低得惊人。幸亏它很快扩散了，否则地面上的人都会被冻僵，但即使这样，几乎所有人暴露在外的皮肤还是受到了不同程度的冻伤。

颜冬的脸由于突然出现的严寒而麻木。他抬头仔细观察那个球体表面，那半透明的灰白色物质是他再熟悉不过的东西：冰，这悬在半空中的是一个大冰球。

空气平静下来之后，颜冬吃惊地发现，那半空中巨大冰球的周围居然飘起了雪花，雪花很大，在蓝天的映衬

3

下显得异常洁白，并在阳光下闪闪发光。但这些雪花只在距球体表面一定距离内出现，飘出这段距离后就立刻消失了，以球体为中心形成了一个雪圈，仿佛是雪夜中的一盏街灯照亮了周围的雪花。

"我是一名低温艺术家！"一个清脆的男音从冰球中传出，"我是一名低温艺术家！"

"这个大冰球就是你吗？"颜冬仰头大声问。

"我的形象你们是看不到的，你们看到的冰球是我的冷冻场冻结空气中的水分形成的。"低温艺术家回答说。

"那些雪花是怎么回事？"颜冬又问。

"那是空气中氧和氮的结晶体，还有二氧化碳形成的干冰。"

"你的冷冻场真厉害！"

"当然，就像无数只小手攥紧无数颗小心脏一样，它使其作用范围内所有的分子和原子停止运动。"

"它还能把这个大冰团举在空中吗？"

"那是另一种场了，反引力场。你们每人使用的那一套冰雕工具真有趣：有各种形状的小铲和小刀，还有喷水壶和喷灯。有趣！为了制作低温艺术品，我也拥有一套小小的工具，那就是几种力场，种类没有你们的这么多，但也很好使。"

"你也创作冰雕吗?"

"当然,我是低温艺术家。你们的世界很适合进行冰雪造型艺术,我惊讶地发现这个世界早已存在这种艺术。我很高兴,我们是同行。"

"你从哪里来?"颜冬旁边的另一位冰雕创作者问。

"我来自一个遥远的、你们无法理解的世界,那个世界远不如你们的世界有趣。本来,我只从事艺术,一般不同其他世界交流,但看到这样一个展览会,看到这么多的同行,我产生了交流的愿望。不过坦率地说,下面这些低温作品中真正称得上是艺术品的并不多。"

"为什么?"有人问。

"过分写实,过分拘泥于形状和细节。当你们明白宇宙除了空间什么都没有,整个现实世界只不过是一大堆曲率不同的空间时,就会明白这些作品是何等可笑。不过,嗯,这一件还是有点儿感觉的。"

话音刚落,冰团周围的雪花伸下来细细的一缕,仿佛是沿着一条看不见的漏斗流下来的,从半空中一直伸到颜冬的冰雕作品顶部才消失。颜冬踮起脚尖,试探着向那缕雪花伸出戴着手套的手,在那缕雪花的附近,他的手指又感觉到了那种灼热,他急忙抽回来,但手已经在手套里冻僵了。

"你是指我的作品吗?"颜冬用另一只手揉着冻僵的手说,"我,我没有用传统的方法,而是用现成的冰块雕刻作品,建造了一个由几大块薄膜构成的结构,在这个结构下面长时间地升腾起由沸水产生的蒸汽,蒸汽在薄膜表面冻结,形成一种复杂的结晶体。当这种结晶体达到一定的厚度后,去掉薄膜,就做成了你现在看到的造型。"

"很好,很有感觉,很能体现寒冷之美!这件作品的灵感是来自……"

"来自窗玻璃!不知你是否能理解我的描述:在严冬的凌晨醒来,你蒙眬的睡眼看到窗玻璃上布满了冰晶,它们映着清晨暗蓝色的天光,仿佛是你一夜梦的产物……"

"理解理解,我理解!"低温艺术家周围的雪花欢快地舞动起来,"我的灵感也被激发了,我要创作!我必须创作!"

"那个方向就是松花江,你可以去取一块冰,或者……"

"什么?你以为我这样的低温艺术家,要从事的是你们这种细菌般可怜的艺术吗?这里没有我需要的冰材!"

地面上的人类冰雕艺术家们都茫然地看着来自星际的低温艺术家。颜冬呆呆地说:"那么,你要去……"

"我要去海洋!"

取 冰

一支庞大的机群在五千米空中向海岸线方向飞行。这是有史以来最混杂的一个机群,由从体型庞大的波音巨无霸到蚊子似的轻型飞机在内的各种飞机组成,是全球各大通讯社派出的采访飞机,还有研究机构和政府派出的观察监视飞机。这乱哄哄的机群紧跟着前面一条短粗的白色航迹飞行着,像一群追赶着牧羊人的羊群。那条航迹是低温艺术家飞行时留下的,它不停地催促后面的飞机快些,为了等它们,它不得不忍受这比爬行还慢的速度(对于可随意进行时空跃迁的它,光速已经是爬行了),它不停地抱怨说,这会使自己的灵感消失的。

对于后面飞机上的记者们通过无线电喋喋不休的提问,低温艺术家一概懒得回答,它只有兴趣同坐在一架中央电视台租用的运-12上的颜冬交谈。于是到后来,记者们都不吱声了,只是专心地听着这一对艺术家同行的对话。

"你的故乡是在银河系之内吗?"颜冬问,这架运-12距离低温艺术家最近,可以看到那个飞行中的冰球在白色航迹的头部时隐时现,这航迹是冰球周围的超低温冷凝大气中的氧氮和二氧化碳形成的。有时飞机不慎进入这滚滚掠过的白雾中,机窗上立刻覆盖了厚厚的一层白霜。

"我的故乡不属于任何恒星系,它处于星系之间广漠的黑暗虚空中。"

"你们的星球一定很冷。"

"我们没有星球，低温文明起源于一团暗物质云中，那个世界确实很冷，生命从接近绝对零度的环境中艰难地取得微小的热量，吮吸着来自遥远星系的每一丝辐射。当低温文明学会走路时，我们便迫不及待地进入银河系这个最近的温暖世界。在这个世界中，我们也必须保持低温状态才能生存，于是我们成了温暖世界的低温艺术家。"

"你指的低温艺术就是冰雪造型吗？"

"哦，不，不。用远低于一个世界平均温度的低温与这个世界发生作用，以产生艺术效应，这都属于低温艺术。冰雪造型只是适合于你们世界的低温艺术，冰雪的温度在你们的世界属于低温，在暗物质世界就属于高温了；而在恒星世界，熔化的岩浆也属于低温材料。"

"我们之间对艺术美的感觉好像有共同之处。"

"不奇怪。所谓温暖，不过是宇宙诞生后一阵短暂的痉挛所产生的同样短暂的效应，它将像日落后的暮光一样转瞬即逝，能量将消失，只有寒冷永存，寒冷之美才是永恒的美。"

"这么说，宇宙最终将热寂？"颜冬听到耳机中有人问，事后知道提问者是坐在后面飞机上的一位理论物理学家。

"不要离题，我们只谈艺术。"低温艺术家冷冷地说。

"下面是海了！"颜冬无意间从舷窗望下去，看到弯曲的海岸线正在下面缓缓移过。

"再向前，我们要到海洋最深的地方，那里便于取冰。"

"可哪儿有冰啊？"颜冬看着下面广阔的蓝色海面不解地问。

"低温艺术家到哪里，哪里就会有冰。"

低温艺术家又向前飞行了一个多小时，颜冬从飞机上向下看，下面早已是一片汪洋。这时，飞机突然拉升，超重使颜冬两眼一黑。

"天啊，我们差点撞上它！"飞行员大叫。原来低温艺术家突然停下了，后面的飞机都猝不及防地纷纷转向。"嘿，惯性定律对这家伙不起作用，它的速度好像是在瞬间减到零。按理说，这样的减速早把冰球扯碎了！"飞行员对颜冬说，同时拨转机头，与别的飞机一起，浩浩荡荡地围绕着悬在空中的冰球盘旋。静止的冰球又在空气中产生了大量的氧氮雪花，但由于高空中的强风，雪花都被吹向一个方向，像是冰球随风飘舞的白发。

"我要开始创作了！"低温艺术家说，没等颜冬回话，它突然垂直降落下去，仿佛在空中举着它的那只无形的巨手突然放开了。飞机上的人们看着它以自由落体越来越快地下落，很快消失在海面蓝色的背景中，只能隐约看到它在空气中拉出的一道雾化痕迹。很快，海面上出现了一团白色的水花，水花消失后，有一圈波纹在扩散。

"这个外星人投海自杀了。"飞行员对颜冬说。

"别瞎扯了！"颜冬拖着东北口音，白了飞行员一眼，"飞低些，那个冰球很快就要浮起来了！"

但冰球并没有浮出来，在那个位置的海面上出现了一个白点，这白点很快扩大成一个白色的圆形区域。这时飞机的高度已经很低，颜冬仔细观察，发现那白色区域其实是覆盖海面的一层白色雾气。白雾区域急剧扩大，加上飞机在继续降低，很快，目力所及的海面全部冒起了白雾。这时颜冬听到了一个声音，像连续的雷声，又像是大地和山脉在断裂。这声音来自海面，盖住了引擎的轰鸣声。飞机贴海飞行，颜冬向下仔细观察白雾下的海面，首先发现海面反射的阳光很完整很柔和，不像刚才那样呈刺目的碎金状；他接着看到海的颜色变深了，海面的波浪变得平滑了，但真正震撼他的是下一个发现：那些波浪是凝固不动的。

"天啊，海冻住了！"

"你没疯吧?"飞行员扭头扫了他一眼说。

"你自个儿仔细看看……嗨,我说你怎么还往下降啊?想往冰面上降落?"

飞行员猛拉操纵杆,颜冬眼前又一黑,听到他说:"啊,不,嘿,真邪门儿了……"再看看飞行员,一副梦游的表情,"我没下降。那海面,哦不,那冰面,在自己上升!"

这时他们听到了低温艺术家的声音:"你们的飞行器赶快让开,别挡住上升的路。哼,要不是有同行在一架飞行器里,我才不在乎撞着你们呢,我在创作中最讨厌干扰灵感的东西。向西飞,向西飞,那面距边缘比较近!"

"边缘?什么的边缘?"颜冬不解地问。

"我采的冰块呀!"

所有的飞机像一群被惊飞的鸟,边爬高边向低温艺术家指引的方向飞去。在它们下面,因温度突降产生的白雾已消失,深蓝色的冰原一望无际。尽管飞机在爬高,但冰原的上升速度更快,所以飞机与冰面的相对高度还是在不断降低。"天啊,地球在追着我们呢!"飞行员惊叫道。渐渐地,飞机又紧贴着冰面飞行了,凝固的波涛从机翼下滚滚而过,飞行员喊道:"我们只好在冰面上降落了!我的天,边爬高边降落,这太奇怪了!"

就在这时，运-12飞到了冰块的尽头，一道笔直的边缘从机身下飞速掠过，下面重新出现了波光粼粼的液态海洋。这情形很像航空母舰上的战斗机起飞时，跃出甲板的瞬间所看到的，但后面这艘"航母"有几千米高！颜冬猛回头，看到巨大的暗蓝色悬崖正在向后退去。这道悬崖表面极其平整，向两端延伸出去，一时还望不到尽头。悬崖下部与海面相接，可以看到海浪拍打在上面形成的一条白边。但这道白边在颜冬看到它几秒钟后就突然消失了，代之以另一条笔直的边缘——大冰块的底部已离开了海面。

大冰块以更快的速度上升，运-12同时在下降，它的高度很快位于海面和空中的冰块之间。这时，颜冬看到了另一个广阔的冰原，与刚才不同的是，它在上方，形成了一个极具压抑感的阴暗天空。

随着大冰块的继续上升，颜冬终于在视觉上证实了低温艺术家的话：这确实是一大块冰，一大块呈规则长方体的冰。现在，在空中已经可以完整地看到它。这暗蓝色的长方体占据了三分之二的天空，它那平整的表面不时反射着阳光，如同高空的一道道刺目的闪电。在由它构成的巨大背景前，有几架飞机在缓缓爬行，如同在一座摩天大楼边盘旋的小鸟，只有仔细看才能看到。事后从雷达观测到的数据表明，这个冰块长六十千米，宽二十千米，高五千米，为一个扁平的长方体。

大冰块继续上升，它在空中的体积渐渐缩小，终于在心理上可以让人接受了。与此同时，它投在海面上巨大的阴影也在移动，露出了海洋上有史以来最恐怖的景象。

颜冬看到，他们飞行在一个狭长的盆地上空，这盆地就是大冰块离开后在海中留下的空间。盆地四周是高达五千米的海水的高山，人类从未见过水能构成这样的结构：它形成了几千米高的悬崖！这液态的悬崖底部翻起百米高的巨浪，上部在不停地崩塌，悬崖就在崩塌中向前推进，它的表面起伏不定，但总体与海底保持着垂直。随着海水悬崖的推进，盆地在缩小。

这是摩西劈开红海的反演。

最让颜冬震撼的是，整个过程居然很慢！这显然是尺度的缘故，他见过黄果树瀑布，觉得那水流下落得也很慢，而眼前的这海水悬崖，尺度要比那瀑布大两个数量级，这使得他可以有充足的时间欣赏这旷世奇观。

这时，冰块投下的阴影已完全消失。颜冬抬头一看，冰块看上去只有两个满月大小，在天空中已不太显眼了。

随着海水悬崖的推进，盆地已缩成了一道峡谷。紧接着，两道几十千米长、五千米高的海水悬崖迎面相撞，一声沉闷的巨响在海天间久久回荡，冰块在海洋中留下的空

梦之海

间完全消失了。

"我们不是在做梦吧?"颜冬自语道。

"是梦就好了,你看!"飞行员指指下面。在两道悬崖相撞之处,海面并未平静,而是出现了两道与悬崖同样长的波带,仿佛是已经消失的两道海水悬崖在海面的化身,分别朝着相反的方向分离开来。从高空看去,波带并没有惊人之处,但仔细目测,可知它们的高度都超过了二百米,如果近看,肯定像两道移动的山脉。

"海啸?"颜冬问。

"是的,可能是有史以来最大的海啸,海岸要遭殃了。"

颜冬再抬头看,蓝天上,冰块已看不到了。据雷达观测,它已成为地球的一颗冰卫星。

在这一天,低温艺术家以同样的方式又从太平洋中取走了上千块同样大小的冰块,把它们送入绕地球运行的轨道。

这天,在处于夜晚的半球,每隔两三个小时就可以看到一群闪烁的亮点横贯夜空,与背景上的星星不同的是,如果仔细看,每个亮点都可以看出形状。那是一个个小长方体,它们都在以不同的姿势自转,使它们反射的阳光以不同的频率闪动。人们想了很久也不知如何形容这些太空中的小东西，最后还是一名记者的比喻得到了认可：

"这是宇宙巨人撒出的一把水晶骨牌。"

两名艺术家的对话

"我们应该好好谈谈了。"颜冬说。

"我约你来就是为了谈谈，但我们只谈艺术。"低温艺术家说。

颜冬此时正站在一个悬浮于五千米高空中的大冰块上，是低温艺术家请他到这里来的。现在，送他上来的直升机就停在旁边的冰面上，旋翼还转动着，随时准备起飞。四周是一望无际的冰原，冰面反射着耀眼的阳光，向脚下看看，蓝色的冰层深不见底。在这个高度上，晴空万里，风很大。

这是低温艺术家从海洋中取走的五千块大冰中的一块。在这之前的五天里，它以平均每天一千块的速度从海洋中取冰，并把冰块送到地球轨道上去。在太平洋和大西洋的不同位置，一块块巨冰在海中被冻结后升上天空，成为夜空中那越来越多的亮闪闪的"宇宙骨牌"中的一块。世界沿海的各大城市都受到了海啸的袭击，但随着时间的推移，这种灾难渐渐减少了，原因很简单：海面在降低。

地球的海洋，正在变成围绕它运行的冰块。

颜冬用脚跺了跺坚硬的冰面说："这么大的冰块，你是如何在瞬间把它冻结，如何使它成为一个整体而不破碎，又用什么力量把它送到太空轨道上去的？这一切远远超出了我们的理解和想象。"

低温艺术家说："这有什么，我们在创作中还常常熄灭恒星呢！不是说好了只谈艺术吗？我这样制作艺术品，与你用小刀铲制作冰雕，从艺术角度看没什么太大的区别。"

"那些轨道中的冰块暴露在太空强烈的阳光中时，为什么不融化呢？"

"我在每个冰块的表面覆盖了一层极薄的透明滤光膜，这种膜只允许不发热频段的冷光进入冰块，发热频段的光线都被反射，所以冰块能保持不化。这是我最后一次回答你这类问题了，我停下工作，不是为了谈这些无聊的事。下面我们只谈艺术，要不你就走吧，我们不再是同行和朋友了。"

"那么，你最后打算从海洋中取多少冰呢？这总和艺术创作有关吧！"

"当然是有多少取多少。我向你谈过自己的构思，要完美地表达这个构思，地球上的海洋还是不够的。我曾打算从木星的卫星上取冰，但太麻烦了，就这么将就吧。"

颜冬整理了一下被风吹乱的头发，高空的寒冷使他有些颤抖。他问："艺术对你很重要吗？"

"是一切。"

"可……生活中还有别的东西,比如,我们还需为生存而劳作,我就是长春光机所的一名工程师,业余时间才能从事艺术。"

低温艺术家的声音从冰原深处传了上来,冰面的震动使颜冬的脚心有些痒痒,"生存,咄咄,它只是文明的婴儿时期要换的尿布。以后,它就像呼吸一样轻而易举了,以至于我们忘了有那么一个时代竟需要花精力去维持生存。"

"那社会生活和政治呢?"

"个体的存在也是婴儿文明的麻烦事,以后个体将融入主体,也就没有什么社会和政治了。"

"那科学,总有科学吧?文明不需要认识宇宙吗?"

"那也是婴儿文明的课程,当探索进行到一定程度,一切将毫发毕现,你会发现宇宙是那么简单,科学也就没必要了。"

"只剩下艺术?"

"只剩艺术,艺术是文明存在的唯一理由。"

"可我们还有其他的理由,我们要生存。下面这颗行星上有几十亿人和更多的其他物种要生存,而你要把我们的海洋弄干,让这颗生命行星变成死亡的沙漠,让我们全渴死!"

从冰原深处传出一阵笑声，又让颜冬的脚痒起来，"同行，你看，我在创作灵感汹涌澎湃的时候停下来同你谈艺术，可每次，你都和我扯这些鸡毛蒜皮的事，真让我失望。你应该感到羞耻！你走吧，我要工作了。"

"呸！"颜冬终于失去了耐心，用东北话破口大骂起来。

"是句脏话吗？"低温艺术家平静地问，"我们的物种是同一个体一直成长进化下去的，没有祖宗。再说，你对同行怎么能这样？嘻嘻，我知道，你忌妒我，你没有我的力量，你只能搞细菌的艺术。"

"可你刚才说过，我们的艺术只是工具不同，没有本质的区别。"

"可我现在改变看法了。我原以为自己遇到了一位真正的艺术家，可原来是一个平庸的可怜虫，成天喋喋不休地谈论诸如海洋干了呀生态灭绝呀之类与艺术无关的小事，太琐碎、太琐碎。我告诉你，艺术家不能这样。"

"呸！"

"随你便吧，我要工作了，你走吧。"

这时，颜冬感到一阵超重，一屁股跌坐在光滑的冰面上，同时，一股强风从头顶上吹下来，他知道冰块又继续上升了。他连滚带爬地钻进直升机，直升机艰难地起飞，从最近的边缘飞离冰块，险些在冰块上升时产生的龙卷风中坠毁。

人类与低温艺术家的交流彻底失败了。

梦之海

颜冬站在一个白色的世界中，脚下的土地和周围的山脉都披上了银装。那些山脉高大险峻，使他感到仿佛置身于冰雪覆盖的喜马拉雅山中。事实上，这里与那里相反，是地球上最低的地方。这是马里亚纳海沟，昔日太平洋最深的海底。覆盖这里的白色物质并非积雪，而是以盐为主的海水中的矿物质，当海水被冻结后，这些矿物质就析出并沉积在海底，最厚的地方可达百米。

在过去的二百天中，地球上的海洋已被低温艺术家用光了，连南极和格陵兰的冰川都被洗劫一空。

现在，低温艺术家邀请颜冬来参加它的艺术品最后完成的仪式。

前方的山谷中有一片蓝色的水面，那蓝色很纯很深，在雪白的群峰间显得格外动人。这就是地球上最后的海洋了，它的面积相当于滇池大小，早已没有了海洋那广阔的万顷波涛，表面只是荡起静静的微波，像深山中一个幽静的湖泊。有三条河流汇入了这最后的海洋，它们是在干涸的辽阔海底长途跋涉后幸存下来的大河，是地球上有史以来最长的河，到达这里时已变成细细的小溪了。

颜冬走到海边，在白色的海滩上把手伸进轻轻波动着的海水中。由于水中的盐分已经饱和，海面上的波浪显得有些沉重，而颜冬的手在被微风吹干后，析出了一层白色的盐末。

空中传来一阵颜冬熟悉的尖啸声，这声音是低温艺术家向下滑落时冲击空气发出的。颜冬很快在空中看到了它，它的外形仍是一个冰球，但由于直接从太空返回这里，在大气中飞行的距离不长，球的体积比第一次出现时小了许多。在这之前，在冰块进入轨道后，人们总是用各种手段观察离开冰块时的低温艺术家，但什么也没看到，只有它进入大气层后，那个不断增大的冰球才能显示它的存在和位置。

低温艺术家没有向颜冬打招呼，冰球垂直坠入这最后海洋的中心，激起了高高的水柱。然后又出现了那熟悉的一幕：一圈冒出白雾的区域从坠落点飞快扩散，很快白雾盖住了整个海面；然后是海水快速冻结时发出的那种像断裂声的巨响；再往后白雾消散，露出了凝固的海面。与以往不同的是，这次整个海洋都被冻结了，没有留下一滴液态的水；海面也没有凝固的波浪，而是平滑如镜。在整个冻结过程中，颜冬都感到寒气扑面。

接着，已冻结的最后的海洋被整体提离了地面。开始只是小心地升到距地面几厘米处，颜冬看到前面冰面的边缘与白色盐滩之间出现了一条黑色的长缝，空气涌进长缝，去填补这刚刚出现的空间，形成一股紧贴地面的疾风，被吹动的盐尘埋住了颜冬的脚。提升速度加快，最后的海洋转眼间升到半空中，体积如此巨大的物体的快速上升在地面产生了强烈的气流扰动，一股股旋风卷起盐尘，在峡谷中形成一道道白色的尘柱。颜冬吐出飞进嘴里的盐末，那味道不是他想象的咸，而是一种难言的苦涩，正如人类所面临的现实。

最后的海洋不再是规则的长方体，它的底部精确地模印着昔日海洋最深处的地形。颜冬注视着最后的海洋上升，直到它变成一个小亮点融入浩荡的冰环中。

冰环相当于银河的宽度，由东向西横贯长空。与天王星和海王星的环不同，冰环的表面不是垂直而是平行于地球球面，这使得它在空中呈现一条宽阔的光带。这光带由二十万块巨冰组成，环绕地球一周。在地面可以清楚地分辨出每个冰块，并能看出它的形状。这些冰块有的自转，有的静止。这二十万个闪动或不闪动的光点构成了一条壮丽的天河，在地球的天空中庄严地流动着。

在一天的不同时段，冰环的光和色都不断地变幻。

清晨和黄昏是它色彩最丰富的时段，这时，冰环的色彩由地平线处的橘红渐变为深红，再变为碧绿和深蓝，如一条宇宙彩虹。

白天，冰环在蓝天上呈耀眼的银色，像一条流过蓝色平原的钻石大河。白天冰环最壮观的景象是日环食，即冰环挡住太阳的时刻。这时大量的冰块折射着阳光，天空中出现奇伟瑰丽的焰火表演。依太阳被冰环挡住的时间长短，分为交叉食和平行食。所谓平行食，是太阳沿着冰环走过一段距离。每年还有一次全平行食，即太阳从升起到落下，沿着冰环走完它在天空中的全部路程。这一天，冰环仿佛是一条撒在太空中的银色火药带，在日出时被点燃，那璀璨的火球疯狂燃烧着越过长空，在西边落下，其壮丽至极，已很难用语言表达。正如有人惊叹："这一天，上帝从空中蹚过。"

然而，冰环最迷人的时刻是在夜晚，它发出的光芒比满月亮一倍，银色的光芒洒满大地。这时，仿佛全宇宙的星星都排成密集的队列，在夜空中庄严地行进。与银河不同，这条浩荡的星河中可以清楚地分辨出每个长方体的星星。这密密麻麻的星星中有一半在闪耀，这十万颗闪动的星星在星河中构成涌动的波纹，仿佛宇宙的大风吹拂着河面，使整条星河变成了一个有灵性的整体……

在一阵尖啸声中，低温艺术家最后一次从太空返回地面，悬在颜冬上空，一圈纷飞的雪花立刻裹住了它。

"我完成了，你觉得怎么样？"它问。

颜冬沉默良久，只说出了两个字："服了。"

他真的服了，在这之前，他曾连续三天三夜仰望着冰环，不吃不喝，直到虚脱。能起床后，他又到外面去仰望冰环。他觉得永远也看不够。在冰环下，他时而迷乱，时而沉浸于一种莫名的幸福之中，这是艺术家找到终极之美时的幸福。他被这宏大的美完全征服了，整个灵魂都融化其中。

"作为一个艺术家，能看到这样的创造，你还有他求吗？"低温艺术家又问。

"我别无他求了。"颜冬由衷地回答。

"不过嘛，你也就是看看，你肯定创造不出这种美，你太琐碎。"

"是啊，我太琐碎，我们太琐碎，有啥法子？都有自己的老婆孩子要养活啊。"

颜冬坐到盐地上，把头埋在双臂间，沉浸在悲哀之中。这是一个艺术家在看到自己永远无法创造的美时，在感觉到自己永远无法超越的界限时，产生的最深的悲哀。

"那么，我们一起给这件作品起个名字吧，叫——'梦之环'，如何？"

颜冬想了一会儿，缓缓地摇了摇头："不好，它来自海洋，或者说是海洋的升华，我们做梦也想不到海洋还具有这种形态的美，就叫——'梦之海'吧。"

"'梦之海'……很好很好，就叫这个名字，'梦之海'。"

这时颜冬想起了自己的使命："我想问，你在离开前，能不能把'梦之海'再恢复成我们的现实之海呢？"

"让我亲自毁掉自己的作品，笑话！"

"那么，你走后，我们是否能自己恢复呢？"

"当然可以，把这些冰块送回去不就行了？"

"怎么送呢？"颜冬抬头问，全人类都在竖起耳朵听。

"我怎么知道！"低温艺术家淡淡地说。

"最后一个问题：作为同行，我们都知道冰雪艺术品是短命的，那么'梦之海'……"

"'梦之海'也是短命的。冰块表面的滤光膜会老化，不再能阻拦热光。但它消失的过程与你的冰雕完全不同，这过程要剧烈和壮观得多：冰块将汽化，压力使薄膜炸开，每个冰块变成一个小彗星，整个冰环将弥漫着银色的雾气，然后'梦之海'将消失在银雾中，银雾也将扩散到太空中消失。宇宙只能期待我在遥远的另一个世界的下一个作品。"

"这将在多长时间后发生？"颜冬声音有些发颤。

"滤光膜失效，用你们的计时，嗯，大约二十年吧。嗨，怎么又谈起艺术之外的事了？琐碎、琐碎！好了，同行，永别了，好好欣赏我留给你们的美吧！"

冰球急速上升，很快消失在空中。据世界各大天文机构观测，冰球沿垂直于黄道面的方向急速飞去，在其加速到光速一半时，突然消失在距太阳十三个天文单位的太空中，好像钻进了一个看不见的洞，以后再也没回来。

下 篇

纪念碑和导光管

干旱已持续了五年。

焦黄的大地从车窗外掠过。时值盛夏，大地上没有一点儿绿色，树木全部枯死，裂纹如黑色的蛛网覆盖着大地，干热风扬起的黄沙不时遮盖了这一切。有好几次，颜冬确信他看到了铁路边被渴死的人的尸体，但那些尸体看上去像是旁边枯死的大树上掉下的一根根干树枝，倒没什么恐怖感。这严酷的干旱世界与天空中银色的"梦之海"形成鲜明的对比。

颜冬舔了舔干裂的嘴唇，一直舍不得喝自己带的那壶水。那是他全家四天的配给，是妻子在火车站硬让他带上的。昨天单位里的职工闹事，坚决要求用水来发工资，市场上非配给的水越来越少,有钱也买不到了……这时有人拍了拍他的肩膀,扭头一看,是邻座。

"你就是那个外星人的同行吧?"

自从成为人类与低温艺术家沟通的信使,颜冬就成了名人。开始他是一位正面角色和英雄,可是低温艺术家走后,情况就发生了变化。传言说,是他在冰雪艺术节上激发了低温艺术家的灵感,否则什么事都不会发生。大多数人都知道这是无稽之谈,但有个发泄怨气的对象总是好事,所以到现在,他在人们的眼中简直成了外星人的同谋。好在后来有更多的事要操心,人们渐渐把他忘了。但这次他虽戴着墨镜,还是被认了出来。

"你请我喝水!"那人沙哑地说,嘴唇上的两小片干皮屑掉了下来。

"干什么,你想抢劫?"

"放聪明点儿,不然我要喊了!"

颜冬只好把水壶递给他,这家伙一口气喝了个底朝天。旁边的人惊异地看着他,从过道上路过的列车员也站住呆呆地看了他半天。他们不敢相信竟有人这么奢侈,这就像有海时(人们对低温艺术家到来之前的时代的称呼)看着一个富豪一人吃一顿价值十万元的盛宴一样。

那人把空水壶还给颜冬,又拍拍他的肩膀低声说:

"没关系的,很快就都结束了。"

颜冬明白他这话的含义。

首都的街道上已很少有汽车,罕见的汽车也是改装后的气冷式,传统的水冷式汽车已经严格禁止使用了。幸亏世界危机组织中国分部派了辆车来接他,否则他绝对到不了危机组织的办公大楼的。一路上,他看到街道都被沙尘暴带来的黄尘所覆盖,见不到几个行人。缺水的人在这干热风中行走是十分危险的。

世界像一条离开水的鱼,已经奄奄一息了。

到了危机组织办公大楼后,颜冬首先去找组织的负责人报到。负责人带着他来到了一间很大的办公室,告诉他这就是他将要工作的机构。颜冬看看办公室的门,与其他的办公室不同,这扇门上没有标牌。负责人说:"这是一个秘密机构,这里所有的工作严格保密,以免引起社会动乱,这个机构的名称叫纪念碑部。"

走进办公室,颜冬发现这里的人都有些古怪:有的人头发太长,有的人没有头发;有的人的穿着在这个艰难时代显得过分整洁,有的人除了短裤什么都没穿;有的人神色忧郁,有的人兴奋异常……中间的长桌上放着许多奇形怪状的模型,看不出是干什么用的。

"欢迎您,冰雕艺术家先生!"在听完负责人的介绍后，纪念碑部的部长热情地向颜冬伸出手来，"您终于有机会把您从外星人那里得到的灵感发挥出来。当然，这次不能用冰为材料。我们要创作的，是一件需要永久保存的作品。"

"这是在干什么？"颜冬不解地问。

部长看看负责人，又看看颜冬，说："您还不知道？我们要建立人类纪念碑！"

颜冬显得更加茫然了。

"就是人类的墓碑。"旁边一位艺术家说。这人头发很长，衣衫破烂，一副颓废派模样，一手拿着一瓶二锅头，喝得很有些醉意。这东西是有海时剩下的，现在比水便宜多了。

颜冬向四周看看说："可……我们还没死啊。"

"等死了就晚了。"负责人说，"我们应该做最坏的打算，现在是考虑这事的时候了。"

部长点点头说："这是人类最后的艺术创作，也是最伟大的创作。作为一名艺术家，还有什么比参加这一创作更幸福的吗？"

"其实都多……多余！"长发艺术家挥着酒瓶说，"墓碑是供后人凭吊的，没有后人了，还立什么碑？"

"注意名称，是纪念碑！"部长严肃地更正道，然后笑着对颜冬说："他虽这么说，可提出的创意还是不错的：他提议全世界每人拿出一颗牙齿，用这些牙齿可以建造一座巨碑，每颗牙齿上刻一个字，足以把人类文明最详细的历史都刻上了。"他指指一个看上去像白色金字塔的模型。

"这是对人类的亵渎！"另一位光头艺术家喊道，"人类的价值在于其大脑，他却要用牙齿来纪念！"

长发艺术家又抡起瓶子灌了一口，"牙……牙齿容易保存！"

"可大部分人都还活着！"颜冬又严肃地重复一遍。

"但还能活多久呢？"长发艺术家说，一谈到这个话题，他的口齿又利落了，"天上滴水不下，江河干涸，农业全面绝收已经三年了，百分之九十的工业已经停产，剩下的粮食和水还能维持多长时间？"

"这群废物，"秃头艺术家指着负责人说，"忙活了五年时间，到现在，一块冰也没能从天上弄下来！"

对秃头艺术家的指责，负责人只是付之一笑："事情没有那么简单。以人类现有的技术，从轨道上迫降一块冰并不难，迫降一百甚至上千块冰也能做到，但要把在太空中绕地球运行的二十万块冰全部迫降，那完全是另一回事了。如果用传统手段，用火箭发动机减速冰块使其返回大气层，就需制造大量可重复使用的超大功率发动机，并将它们送入太空。这将是一个巨大的技术工程，以人类目前的技术水平和资源储备，有许多不可克服的障碍。比如说，要想拯救地球的生态系统，如果从现在开始，需要在四年时间里迫降一半冰块，这样平均每年就要迫降两万五千块冰，它所需要的火箭燃料在重量上比有海时人类一年消耗的汽油还多！可那不是汽油，那是液氢、液氧和四氧化二氮、偏二甲肼之类，制造它们所消耗的能量和资源，是生产汽油的上百倍。仅此一项，就使整个计划成为不可能。"

长发艺术家点点头："所以说末日不远了。"

负责人说："不，不是这样。我们还可以采取许多非传统、非常规方法，希望还是有的，但在我们努力的同时，也要做最坏的打算。"

"我就是为这个来的。"颜冬说。

"为最坏的打算？"长发艺术家问。

"不，为希望。"他转向负责人说，"不管你们召我来干什么，我来有自己的目的。"他说着，指了指自己带的那体积很大的行囊，"请带我到海洋回收部去。"

"你去回收部能干什么？那里可都是科学家和工程师！"秃头艺术家惊奇地问。

"我从事应用光学研究，职称是研究员。除了与你们一样做梦，我还能干些更实际的事。"颜冬扫了一眼周围的艺术家说。

在颜冬的坚持下，负责人带他来到了海洋回收部。这里的气氛与纪念碑部截然不同，每个人都在电脑前紧张地工作着。办公室的正中央放着一台可以随意取水的饮水机，这简直是国王的待遇。不过想想，这些人身上背负了人类的全部希望，也就不奇怪了。

见到海洋回收部的总工程师后，颜冬对他说："我带来了一个回收冰块的方案。"说着他打开背包，拿出了一根白色的长管子，管子有手臂粗，接着他又拿出一个约一米长的圆筒。颜冬走到一个向阳的窗前，把圆筒伸到窗外摆弄着，那圆筒像伞一样撑开，"伞"的凹面镀着镜面膜，使它成为一个类似于太阳灶的抛物面反射镜。接着，颜冬把那根管子从反射镜底部的一个小圆洞中穿过去，然后调节镜面的方向，使它把阳光聚焦到伸出的管子的端部。立刻，管子的另一端把一个刺眼的光斑投到室内的地板上。由于管子平放在地上，那个光斑呈长椭圆形。

颜冬说："这是用最新的光导纤维做成的导光管，在导光时衰减很小。当然，实际系统的尺寸比这要大得多。在太空中，只要用一面直径二十米左右的抛物面反射镜，就可以在导光管的另一端得到一个温度达三千摄氏度以上的光斑。"

颜冬向周围看看,他的演示并没有产生预期的效果。那些工程师们扭头朝这边看了看,又都继续专注于自己的电脑屏幕,不再理会他了。直到那光斑使防静电地板冒出了一股青烟,才有最近的一个人走了过来,说:"干什么,还嫌这儿不热?"同时把导光管轻轻向后一拉,使采光的一端脱离了反射镜的焦点。地板上的光斑虽然还在,但立刻变暗了许多,失去了热度。颜冬惊奇地发现,这人摆弄这东西很在行。

总工程师指指导光管说:"把这些东西收起来,喝点水吧。听说你是坐火车来的,从长春到这儿的火车居然还开?你一定渴坏了。"

颜冬急着想解释自己的发明,但他确实渴坏了,冒烟的嗓子一时说不出话来。

"不错,这确实是目前最可行的方案。"总工程师递给颜冬一杯水。

颜冬一口气喝光了那杯水,呆呆地望着总工程师问:"您是说,已经有人想到了?"

总工程师笑着说:"与外星人相处,使你低估了人类的智力。其实,在低温艺术家把第一块冰送到轨道上时,就已经有很多人想到了这个方案。后来又有了许多变种，比如用太阳能电池板代替反射镜，用电线和电热丝代替导光管，其优点是设备容易制造和运送，缺点是效率不如导光管方案高。现在，对这一方案的研究已进行了五年，技术上已经成熟，所需的设备大部分也制造出来了。"

"那为什么还不实施？"

旁边的一名工程师说："这个方案，将使地球海洋失去百分之二十一的水。这部分水或变成推进蒸汽散失了，或在再入大气时被高温离解。"

总工程师扭头对那名工程师说："你们可能还不知道，美国人最新的计算机模拟表明，在电离层之下，再入时高温离解产生的氢气会立刻同周围的氧再化合形成水，所以高温离解的损失以前被高估了，总损失率估计为百分之十八。"他又转头看向颜冬，"但这个比例也够高的了。"

"那你们有把太空中的水全部取回来的方案吗？"

总工程师摇摇头，"唯一的可能是用核聚变发动机，但目前我们在地面上都得不到可控的核聚变。"

"那为什么还不快些行动呢？要知道，犹豫不决的话，地球会失去百分之百的水的。"

总工程师坚定地点点头："所以，在长时间的犹豫之后，我们决定行动了。很快，地球将为生存决一死战。"

33

回收海洋

颜冬加入了海洋回收部,负责对已生产出的导光管进行验收的工作。这虽不是核心岗位,但他感到很充实。

在颜冬到达首都一个月后,人类回收海洋的工程开始了。

在短短的一个星期内,从全球各大发射基地,有八百枚大型运载火箭发射升空,把五万吨荷载送入地球轨道。然后,从北美的发射基地,二十架航天飞机向太空运送了三百名宇航员。由于沿同一航线频繁发射,在各基地上空形成了一道长久不散的火箭尾迹,从轨道上看,仿佛是从各大陆向太空牵了几根蛛丝。

这批发射,把人类在太空的活动规模提高了一个数量级,但所使用的技术仍是21世纪初的。这使人们意识到,在现有的条件下,如果全世界齐心协力孤注一掷干一件事,会取得怎样的成就。

在直播电视中,颜冬同所有人一起目睹了在第一个冰块上安装减速推进系统的过程。

为了降低难度,首批迫降的冰块都是不自转的。三名宇航员降落在这样一个冰块上,他们携带着如下装备:一辆形状如炮弹、能够在冰块中钻进的钻孔车,三根导光管,一根喷射管,三个折合起来的抛物面反射镜。只有这时，才能感觉到冰块的巨大。他们三人仿佛是降落在一个小小的水晶星球上，在太空中强烈的阳光下，脚下冰的大地似乎深不可测。在黑色的天空中，远远近近悬浮着无数个这样的水晶星球，有些还在自转着。周围那些自转或不自转的冰块反射和折射着阳光。在三名宇航员站立的冰面上，不停地进行着令人目眩的光与影的变幻。向远处看，冰环中的冰块越来越小，密度却越来越大，渐渐缩成一条致密的银带弯向地球的另一面。距离最近的一个冰块与他们所在的这块冰块间距只有三千米，以它的短轴为轴自转着。在他们眼中，这种自转有一种摄人心魄的气势，仿佛三只小蚂蚁看着一幢水晶摩天大楼一次次倒塌下来。这两个冰块在一段时间后将会因引力而相撞，结果将使滤光膜破裂，冰块解体，破碎后的冰块将很快在阳光下蒸发消失。这种相撞在冰环中已发生了两次，这也是首先迫降这块冰的原因。

操作开始后，一名宇航员启动了那辆钻孔车，钻头转起来，冰屑呈锥状向外飞溅，在阳光下闪闪发光。钻孔车钻破了冰面那层看不见的滤光膜，像一颗被拧进去的螺丝一样钻进了冰面，在后面留下一个圆形的钻洞。随着钻洞向冰层深处延伸，在冰层中隐约可以看到一条不断延长的白线。到达预定深度后，钻孔车转向，沿另一个方向驶出冰面，这就形成了另一个钻洞。共向冰块深处打了四个钻洞，使其相交于冰层深处的一点。接下来，宇航员们把三根导光管插入三个钻洞，再把一根喷射管插入直径较大的第四个钻洞，喷射管的喷口正对着冰块运行的方向。然后，宇航员用一根细管向导光管、喷射管与洞壁之间填充某种速凝液体，使其形成良好的密封。最后，他们张开了抛物面反射镜。如果说回收海洋的最初阶段采用了什么最新技术的话，那就是这些反射镜了。它们是纳米科技创造的奇迹，折叠起来时只有一立方米大小，但张开后能形成一面直径达五百米的巨型反射镜。这三面反射镜，像冰块上生长的三片银色的荷叶。宇航员们调整导光管的伸出端，使其受光端头与反射镜的焦点重合。

在冰层深处三个钻洞的交点，出现了一个明亮的光点，它像一个小太阳，照亮了大冰块中神话般的奇景：银色的鱼群，随波浪舞动的海草……这一切在瞬间冻结时都保持着栩栩如生的姿态，甚至连鱼嘴中吐出的串串小气泡都清晰可见。在距此一百多千米的另一个回收中的冰块里，导光管导入冰层深处的阳光照出了一个巨大的黑影，那是一条长达二十多米的蓝鲸！这就是人类昔日的海洋。

蒸汽使冰层深处的光点很快模糊了。在蒸汽散射下，光点变成了一个白色光球。随着被融化的冰体积的增加，光球渐渐膨胀。当压力达到预定值后，喷射管喷嘴上的盖板被冲开了，一股汹涌的蒸汽急速喷出。由于没有阻力，它呈一个尖尖的锥形向远方扩散，最后在阳光中淡化消失了；还有一部分蒸汽进入了另一个冰块的阴影，被冷凝成冰晶，仿佛是一大群在阴影中闪闪发光的萤火虫。

首批一百个冰块上的减速推进系统启动了。由于冰块质量巨大，系统产生的推力相对来说很小，所以它们须运行少则十五天、多则一个月的时间，才能使冰块减速到坠入大气层的速度。在坠落之前，宇航员们将再次登上冰块，取回导光管和反射镜。要全部迫降二十万个冰块，这些设备应尽可能重复使用。

以后对自转的冰块的回收操作要复杂许多，推进系统将首先刹住其自转，再进行减速。

冰流星

颜冬与危机委员会的人们一起来到太平洋中部的平原上，观看第一批冰流星坠落。

昔日的洋底平原一片雪白，反射着强烈的阳光，不戴墨镜是睁不开眼的。但这并没有使颜冬想起自己东北故乡的雪原，因为这里是地狱般炎热，地面气温接近五十摄氏度。热风吹起盐尘，打得脸生疼。在远处，有一艘十万吨油轮，那巨大的船体斜立在地面，下面有几层楼高的螺旋

桨和舵上覆满了盐层。再看看更远处连绵的白色群山,那是人类从未见过的海底山脉,颜冬的脑海中顿时涌出两句诗:

大海是船儿的陆地,黑夜是爱情的白天。

他苦笑了一下,经历了这样的灾难,还摆脱不了艺术家的思维。

一阵欢呼声响起,颜冬抬头朝人们所指的方向望去,看到在横贯长空的银色冰环中,出现了一个红色的亮点。这亮点飘出了冰环,膨胀成一个火球,火球的后面拖着一条白色的尾迹。这蒸汽尾迹越来越长,越来越粗,色彩也更浓更白。很快,火球分裂成数十块,每一块又继续分裂,每一小块都拖着长长的白尾,这一片白色的尾迹覆盖了半个天空,好像一棵白色的圣诞树,每根树枝的枝头都挂着一盏亮闪闪的小灯……

更多的冰流星出现了,超音速音爆传到地面,像滚滚春雷。旧的蒸汽尾迹在渐渐淡化,新的尾迹不断出现,使天空被一张错综复杂的白色巨网所覆盖。现在,已有几万亿吨的水重新属于地球了。

大部分冰流星都在空中分裂汽化了,但是也有较大的碎冰块直接坠落到地面，其中一块的坠落点距离颜冬所在的地方约四十千米。海底平原在一声巨响中震动不已，远处的山脉间腾起一团顶天立地的白色蘑菇云。这大团的蒸汽在阳光下发出耀眼的白光，并随风渐渐扩散，变为天空中的第一片云层。后来，云多了起来，第一次挡住了炙烤大地五年的烈日，并盖满了整个天空，颜冬感到一阵沁人心脾的凉爽。

云层继续变黑变厚，其中红光闪闪，不知是闪电，还是仍在不断坠落的冰流星的光芒。

下雨了！这是即使在有海时也罕见的大暴雨。颜冬和其他人在雨中欢呼狂奔，仿佛灵魂都在这雨中融化了。但后来大家只好都躲进车内或直升机里，因为这时人在雨地中会窒息。

雨一直下到黄昏才停。海底平原上出现了许多水洼，在从云缝中露出的夕阳下闪着金光，仿佛大地的一只只刚睁开的眼睛。

颜冬随着人群，踏着黏稠的盐浆，跑到最近的水洼前。他掬起一捧水，把那沉甸甸的饱和盐水洒到自己的脸上，任它和泪水一同流下，哽咽着说："海啊，我们的海啊……"

梦之海

尾　声

十年以后。

颜冬走上了冰封的松花江江面，他裹着一件破大衣，旅行袋中放着那套保存了十五年的工具：几把形状各异的刀铲、一个锤子、一只喷水壶。他跺跺脚，证实江面确实冻住了。松花江早在五年前就有了水，但这是第一次封冻，而且是在夏天封冻。由于干旱少雨，同时大量的冰流星把其引力势能在大气层中转化为热能，全球气候一直炎热无比。但在海洋回收的最后阶段，最大体积的冰块被迫降，这些冰块分裂后的碎块也较大，大多直接撞击地面。除了几座城市被摧毁外，撞击激起的尘埃挡住了太阳的热量，使全球气温骤降，地球进入了新的冰期。

颜冬抬头看看夜空，这是他童年时看到的星空，冰环已经消失，群星的背景上，只有少数残存的小冰块在快速移动。"梦之海"又变回现实的海，这件宏伟的艺术品，其绝美与噩梦一起永远铭刻在人类的记忆中。

虽然回收海洋的工程已经结束，但以后的全球气候肯定仍是极其恶劣的，生态还要很长时间才能恢复。在可以预见的未来，人类的生活将十分艰难，但至少可以活下去了，这使所有人感到了满足。确实，冰环时代使人类学会了满足，但人类还学会了更重要的东西。现在，世界危机组织改名为太空取水组织，另一个宏大的工程正在计划中：人类打算飞向遥远的类木行星，把木星卫星上和土星光环中的水取回地球，以弥补地球在海洋回收过程中失去的百分之十八的水。人们首先打算用已经掌握的冰块驱动技术，驱动土星光环中的冰块驶向地球。当然，在那样遥远的距离上，阳光已很微弱，只有用核聚变来汽化冰块核心，以得到所需的推力。至于木星卫星上的水，要用更复杂的技术才能取得。已经有人提出把整个木卫二从木星的引力巨掌中拉出来，使其驶向地球，成为地球的第二个卫星。这样，地球上能得到的水将超过百分之十八，地球的生态系统将变得天堂般美好。当然，这都是遥远未来的事，活着的人谁都没有希望看到它实现。但这希望使人们在艰难的生活中感到了前所未有的幸福，这是人类从冰环时代得到的最大财富：回收"梦之海"使人类看到了自己的力量，教会了他们做以前从来不敢做的梦。

　　颜冬看到远处的冰面上聚着一小堆人，便一滑一滑地走了过去。那些人看到他后都向他跑来，有人摔了一跤后爬起来接着跑。

　　"哈哈，老伙计！"跑在最前面的人同颜冬热情拥抱。颜冬认出来了，他就是冰环时代之前好几届冰雪艺术节的冰雕评委之一。接着，他又认出了其他几个人，大都是冰环时代之前的冰雕作者。同这个时代的所有人一样,他们穿着破烂,苦难和岁月已把他们中许多人的双鬓染白。现在,颜冬有种流浪多年后回家的感觉。

"听说,冰雪艺术节又恢复了?"他问。

"当然,要不咱们到这儿来干什么?"

"我寻思着,日子这么难……"颜冬裹紧了破大衣,在寒风中发抖,不停地跺着冻得麻木的脚。其他人也同他一样,哆嗦着,跺着脚,像一群乞丐难民。

"咄,日子难怎么了?日子再难,也不能不要艺术啊,对不对?"一位老冰雕家上下牙打着架说。

"艺术是文明存在的唯一理由!"另一个人说。

"呸,老子存在的理由多了!"颜冬大声说,众人都大笑起来。

然后大家都沉默了。他们回顾着这十几年的艰难岁月,挨个儿数着自己存在的理由。最后,他们重新把自己从大灾难的幸存者变回为艺术家。

颜冬掏出一瓶二锅头,大家你一口我一口传着喝,暖暖身子。然后,他们在空旷的江岸上生起一堆火,在火上烘烤一把油锯,直到它能在严寒中启动。大家走到江面上,油锯哗哗作响地切入冰面,雪白的冰屑四下飞溅,很快,他们从松花江中取出了第一块晶莹的方冰。

诗 云
SHI YUN

　　伊依一行三人乘一艘游艇在南太平洋上做吟诗航行，他们的目的地是南极，如果几天后能顺利地到达那里，他们将钻出地壳去看诗云。

　　今天，天空和海水都很清澈，对于作诗来说，世界显得太透明了。抬头望去，平时难得一见的美洲大陆清晰地出现在天空中，在东半球构成的覆盖世界的巨大穹顶上，大陆好像是墙皮脱落的区域……

　　哦，现在人类生活在地球里面，更准确地说，人类生活在气球里面，哦，地球已变成了气球。地球被掏空了，只剩下厚约一百千米的一层薄壳，但大陆和海洋还原封不动地存在着，只不过都跑到里面了，球壳的里面。大气层也还存在，也跑到球壳里面了，所以地球变成了气球，一个内壁贴着海洋和大陆的气球。空心地球仍在自转，但自转的意义已与以前大不相同：它产生重力。构成薄薄地壳的那点质量产生的引力是微不足道的，地球重力现在主要由自转的离心力来产生了。但这样的重力在世界各个区域是不均匀的：赤道上最强，约为 1.5 个原地球重力；随着纬度增高，重力也渐渐减小，两极地区的重力为零。现在吟诗游艇航行的纬度正好是原地球的标准重力，但很难令伊依找到已经消失的实心地球上旧世界的感觉。

　　空心地球的球心悬浮着一个小太阳，现在正以正午的阳光照耀着世界。这个太阳的光度在二十四小时内不停地变化，由最亮渐变至熄灭，给空心地球里面带来昼夜更替。在适当的夜里，它还会发出月亮的冷光，但只是从一点发出的，看不到圆月。

　　游艇上的三人中有两个其实不是人，其中的一个是一头名叫大牙的恐龙，它高达十米的身躯一移动，游艇就跟着摇晃倾斜，这令站在船头的吟诗者很烦。吟诗者是一个干瘦老头儿，同样雪白的长发和胡须混在一起飘动。他身着唐朝的宽大古装，仙风道骨，仿佛是在海天之间挥洒写就的一个狂草字。

这就是新世界的创造者,伟大的——李白。

礼　物

事情是从十年前开始的。当时,吞食帝国刚刚完成了对太阳系长达两个世纪的掠夺,来自远古的恐龙驾驶着那个直径五万千米的环形世界飞离太阳,航向天鹅座方向。吞食帝国还带走了被恐龙掠去当作小家禽饲养的十二亿人类。但就在接近土星轨道时,环形世界突然开始减速,最后竟沿原轨道返回,重新驶向太阳系内层空间。

在吞食帝国开始返程后的一个大环星期,使者大牙乘一艘如古老锅炉般的飞船飞离大环,它的衣袋中装着一个叫伊依的人。

"你是一件礼物!"大牙对伊依说,眼睛看着舷窗外黑暗的太空,它那粗放的嗓音震得衣袋中的伊依浑身发麻。

"送给谁?"伊依在衣袋中仰头大声问,他能从袋口看到恐龙的下颚,像是悬崖顶上一大块突出的岩石。

"送给神!神来到了太阳系,这就是帝国返回的原因。"

"是真的神吗?"

"它们掌握了不可思议的技术,已经纯能化,并且能在瞬间从银河系的一端跃迁到另一端,这不就是神了?如果我们能得到那些超级技术的百分之一,吞食帝国的前景就很光明了。我们正在完成一个伟大的使命,你要学会讨神喜欢!"

"为什么选中了我?我的肉质是很次的。"伊依说,他三十多岁,与吞食帝国精心饲养的那些肌肤白嫩的人类相比,他的外貌很有些沧桑感。

"神不吃虫虫,只是收集,我听饲养员说你很特别,你好像还有很多学生?"

"我是一名诗人,现在在饲养场的家禽人中教授人类的古典文学。"伊依很吃力地念出了"诗""文学"这类在吞食语中很生僻的词。

"无用又无聊的学问。你那里的饲养员之所以默许你授课,是因为其中的一些内容在精神上有助于改善虫虫们的肉质……我观察过,你自视清高,目空一切,对于一个被饲养的小家禽来说,这很有趣。"

"诗人都是这样!"伊依在衣袋中站直,虽然知道大牙看不见,但他还是骄傲地昂起头。

"你的先辈参加过地球保卫战吗?"

伊依摇摇头:"我在那个时代的先辈也是诗人。"

"一种最无用的虫虫。在当时的地球上也十分稀少了。"

"他生活在自己的内心世界里,对外部世界的变化并不在意。"

"没出息……呵，我们快到了。"

听到大牙的话，伊依把头从衣袋中伸出来，透过宽大的舷窗向外看。看到了飞船前方有两个发出白光的物体，那是悬浮在太空中的一个正方形平面和一个球体，当飞船移动到与平面齐平时，平面在星空的背景上短暂地消失了一下，这说明它几乎没有厚度。那个完美的球体悬浮在平面正上方，两者都发出柔和的白光，表面均匀得看不出任何特征。它们仿佛是从计算机图库中取出的两个元素，是这纷乱的宇宙中两个简明而抽象的概念。

"神呢？"伊依问。

"就是这两个几何体啊，神喜欢简洁。"

距离拉近，伊依发现平面有足球场大小，飞船正在向平面上降落，发动机喷出的火流首先接触到平面，仿佛只是接触到一个幻影，没有在上面留下任何痕迹。但伊依感觉到了重力和飞船接触平面时的震动，说明它不是幻影。大牙显然以前已经来过这里，毫不犹豫就拉开舱门走了出去，伊依看到他同时打开了气密过渡舱的两道舱门，心一下抽紧了，但他并没有听到舱内空气涌出时的呼啸声。当大牙走出舱门后，衣袋中的伊依嗅到了清新的空气，伸出外面的脸上感到了习习的凉风……这是人和恐龙都无法理解的超级技术，却以温柔而漫不经心的方式呈现出来，这震撼了伊依。与人类第一次见到吞食者时相比,这震撼更加深入灵魂。他抬头望望,以灿烂的银河为背景,球体悬浮在他们上方。

"使者,这次你又给我带来了什么小礼物?"神问。他说的是吞食语,声音不高,仿佛从无限远处的太空深渊中传来,让伊依第一次感觉到这种粗陋的恐龙语言听起来很悦耳。

大牙把一只爪子伸进衣袋,抓出伊依放到平面上,伊依的脚底感到了平面的弹性。大牙说:"尊敬的神,得知您喜欢收集各个星系的小生物,我带来了这个很有趣的小东西:地球人。"

"我只喜欢完美的小生物,你把这么肮脏的虫子拿来干什么?"神说。球体和平面发出的白光微微地闪动了两下,可能是表示厌恶。

"您知道这种虫虫?"大牙惊奇地抬起头。

"只是听这个旋臂的一些航行者提到过,不是太了解。在这种虫子不算长的进化史中,航行者曾频繁地造访地球,这种生物的思想之猥琐、行为之低劣、历史之混乱和肮脏,都让他们恶心,以至于直到地球世界毁灭之前,也没有一个航行者屑于同它们建立联系……快把它扔掉。"

大牙抓起伊依,转动着硕大的脑袋,看看可以往哪儿扔。"垃圾焚化口在你后面。"神说。大牙一转身,看到身后的平面上突然出现了一个小圆口,里面闪着蓝幽幽的光……

"你不要这样说!人类建立了伟大的文明!"伊依用吞食语声嘶力竭地大喊。

球体和平面的白光又颤动了两次。神冷笑了两声:"文明?使者,告诉这个虫子什么是文明。"

大牙把伊依举到眼前,伊依甚至听到了恐龙的两个大眼球转动时骨碌碌的声音:"虫虫,在这个宇宙中,对一个种族文明程度的统一度量是这个种族所进入的空间的维度。只有进入六维以上空间的种族才具备加入文明大家庭的起码条件,我们尊敬的神的一族已能够进入十一维空间。吞食帝国已能在实验室中小规模地进入四维空间,只能算是银河系中一个未开化的原始群落。而你们,在神的眼里不过是杂草和青苔。"

"快扔了,脏死了。"神不耐烦地催促道。

大牙举着伊依向垃圾焚化口走去。伊依拼命挣扎,从衣服中掉出了许多白色的纸片。那些纸片飘荡着下落,从球体中射出一条极细的光线,当那束光线射到其中一张纸上时,纸片便在半空中悬住了,光线飞快地在上面扫描了一遍。

"唷，等等，这是什么东西？"

大牙把伊依悬在焚化口上方，扭头看着球体。

"那是……是我的学生们的作业！"伊依在恐龙的巨掌中吃力地挣扎着说。

"这种方形的符号很有趣，它们组成的小矩阵也很好玩儿。"神说，从球体中射出的光束又飞快地扫描了已落在平面上的另外几张纸。

"那是汉……汉字，这些是用汉字写的古诗！"

"诗？"神惊奇地问，收回了光束，"使者，你应该懂一些这种虫子的文字吧？"

"当然，尊敬的神，在吞食帝国吃掉地球前，我在它们的世界生活了很长时间。"大牙把伊依放到焚化口旁边的平面上，弯腰拾起一张纸，举到眼前吃力地辨认着上面的小字，"它的大意是……"

"算了吧，你会曲解它的！"伊依挥手制止大牙说下去。

"为什么？"神很感兴趣地问。

"因为这是一种只能用古汉语表达的艺术。即使翻译成人类的其他语言，也会失去大部分内涵和魅力，变成另一种东西了。"

"使者，你的计算机中有这种语言的数据库吗？还有有关地球历史的一切知识。给我传过来吧，就用我们上次见面时建立的那个信道。"

大牙急忙返回飞船,在舱内的电脑上鼓捣了一阵儿,嘴里嘟囔着:"古汉语部分没有,还要从帝国的网络上传过来,可能有些时滞。"伊依从敞开的舱门中看到,恐龙的大眼球中映射着电脑屏幕上变幻的彩光。当大牙从飞船上走出来时,神已经能用标准的汉语读出一张纸上的中国古诗了:

"白日依山尽,黄河入海流。欲穷千里目,更上一层楼。"

"您学得真快!"伊依惊叹道。

神没有理他,只是沉默着。

大牙解释说:"它的意思是:恒星已在行星的山后面落下,一条叫黄河的河流向着大海的方向流去,哦,这河和海都是由那种由一个氧原子和两个氢原子构成的化合物组成,要想看得更远,就应该在建筑物上登得更高些。"

神仍然沉默着。

"尊敬的神,你不久前曾君临吞食帝国,那里的景色与写这首诗的虫虫的世界十分相似,有山有河也有海,所以……"

"所以我明白诗的意思,"神说。球体突然移动到大牙头顶上,伊依感觉它就像一只盯着大牙看的没有眸子的大眼睛,"但,你,没有感觉到些什么?"

大牙茫然地摇摇头。

"我是说,隐含在这个简洁的方块符号矩阵的表面含义后面的一些东西?"

大牙显得更茫然了,于是神又吟诵了一首古诗:

"前不见古人,后不见来者。念天地之悠悠,独怆然而涕下。"

大牙赶紧殷勤地解释道:"这首诗的意思是:向前看,看不到在遥远过去曾经在这颗行星上生活过的虫虫;向后看,看不到未来将要在这行星上生活的虫虫;于是感到时空的无限,于是哭了。"

神沉默。

"呵,哭是地球虫虫表达悲哀的一种方式,它们的视觉器官……"

"你仍没感觉到什么?"神打断了大牙的话。球体又向下降了一些,几乎贴到大牙的鼻子上。

大牙这次坚定地摇摇头:"尊敬的神,我想里面没有什么的,一首很简单的小诗罢了。"

接下来,神又连续吟诵了几首古诗,都很简短,且属于题材空灵超脱的一类,有李白的《下江陵》《静夜思》《黄鹤楼送孟浩然之广陵》、柳宗元的《江雪》、崔颢的

《黄鹤楼》、孟浩然的《春晓》等。

大牙说:"在吞食帝国,有许多长达百万行的史诗。尊敬的神,我愿意把它们全部献给您!相比之下,人类虫虫的诗是这么短小简单,就像它们的技术……"

球体忽地从大牙头顶飘开去,在半空中沿着随意的曲线飘行着:"使者,我知道你们最大的愿望就是希望我回答一个问题:吞食帝国已经存在了八千万年,为什么其技术仍徘徊在原子时代?我现在有答案了。"

大牙热切地望着球体说:"尊敬的神,这个答案对我们很重要!求您……"

"尊敬的神,"伊依举起一只手大声说,"我也有一个问题,不知能不能问?"

大牙恼怒地瞪着伊依,像要把他一口吃了似的,但神说:"我仍然讨厌地球虫子,但那些小矩阵为你赢得了这个权利。"

"艺术在宇宙中普遍存在吗?"

球体在空中微微颤动,似乎在点头:"是的,我就是一名宇宙艺术的收集者和研究者。我穿行于星云间,接触过众多文明的各种艺术,它们大多是庞杂而晦涩的体系。用如此少的符号,在如此小巧的矩阵中包含如此丰富的感觉层次和含义分支,而且这种表达还要在严酷得有些变态的诗律和音韵的约束下进行。这,我确实是第一次见到……使者,现在可以把这虫子扔了。"

大牙再次把伊依抓在爪子里:"对,该扔了它,尊敬的神。吞食帝国中心网络中存储的人类文化资料是相当丰富的,现在您的记忆中已经拥有了所有资料,而这个虫虫,大概就记得那么几首小诗。"说着,它拿着伊依向焚化口走去。"把这些纸片也扔了。"神说。大牙又赶紧返身去用另一只爪子收拾纸片,这时伊依在大爪中高喊:

"神啊,把这些写着人类古诗的纸片留作纪念吧!您收集到了一种不可超越的艺术,向宇宙中传播它吧!"

"等等。"神再次制止了大牙。伊依已经悬到了焚化口上方,他感到了下面蓝色火焰的热力。球体飘过来,在距伊依的额头几厘米处悬定,他同刚才的大牙一样受到了那只没有眸子的巨眼的逼视。

"不可超越?"

"哈哈哈……"大牙举着伊依大笑起来,"这个可怜的虫虫居然在伟大的神面前说这样的话,滑稽!人类还剩下什么?你们失去了地球上的一切,即便能带走的科学知识也忘得差不多了。有一次在晚餐桌上,我在吃一个人之前问他:地球保卫战争中的人类的原子弹是用什么做的?他说是原子做的!"

"哈哈哈哈……"神也让大牙逗得大笑起来，球体颤动得成了椭圆，"不可能有比这更正确的回答了，哈哈哈……"

"尊敬的神，这些脏虫虫就剩下那几首小诗了！哈哈哈……"

"但它们是不可超越的！"伊依在大爪中挺起胸膛庄严地说。

球体停止了颤动，用近似耳语的声音说："技术能超越一切。"

"这与技术无关，这是人类心灵世界的精华，不可超越！"

"那是因为你不知道技术最终能具有什么样的力量，小虫子，小小的虫子，你不知道。"神的语气变得父亲般温柔，但潜藏在深处的阴冷杀气让伊依不寒而栗，神说："看着太阳。"

伊依按神的话做了，这是位于地球和火星轨道之间的太空，太阳的光芒使他眯起了双眼。

"你最喜欢的颜色是什么？"神问。

"绿色。"

话音刚落，太阳变成了绿色。那绿色妖艳无比，太阳仿佛是一只突然浮现在太空深渊中的猫眼，在它的凝视下，整个宇宙都变得诡异无比。

大牙爪子一颤，伊依掉在平面上。当理智稍稍恢复后，他们都意识到另一个比太阳变绿更加震撼的事实：从这里到太阳，光需要行走十几分钟，但这一切都发生在一瞬间！

半分钟后，太阳恢复原状，又发出耀眼的白光。

"看到了吗？这就是技术，是这种力量使我们的种族从海底淤泥中的鼻涕虫变为神。其实，技术本身才是真正的神，我们都真诚地崇拜它。"

伊依眨着昏花的双眼说："但神并不能超越那样的艺术，我们也有神，想象中的神，我们崇拜它们，但并不认为它们能写出李白和杜甫那样的诗。"

神冷笑了两声，对伊依说："真是一只无比固执的虫子，这使你更让人厌恶。不过，为了消遣，就让我来超越一下你们的矩阵艺术。"

伊依也冷笑了两声："不可能的，首先你不是人，不可能有人的心灵感受，人类艺术在你那里只是石板上的花朵，技术并不能使你超越这个障碍。"

"技术超越这个障碍易如反掌，给我你的基因！"

伊依不知所措。"给神一根头发！"大牙提醒说，伊依伸手拔下一根头发，一股无形的吸力将头发吸向球体，后来那根头发又从球体中飘落到平面，神只是提取了发根上的一点皮屑。

球体中的白光涌动起来，渐渐变得透明了，里面充满了清澈的液体，浮起串串水泡。接着，伊依在液体中看到了一个蛋黄大小的球，它在射入液球的阳光中呈淡红色，仿佛自己会发光。小球很快长大，伊依认出了那是一个曲蜷着的胎儿，他肿胀的双眼紧闭着，大大的脑袋上交错着红色的血管。胎儿继续成长，小身体终于伸展开来，像青蛙似的在液球中游动着。液体渐渐变得浑浊了，透过液球的阳光只映出一个模糊的影子，看得出那个影子仍在飞速成长，最后变成了一个游动着的成人的身影。这时，液球又恢复成原来那样完全不透明的白色光球，一个赤裸的人从球中掉出来，落到平面上。伊依的克隆体摇摇晃晃地站了起来，阳光在他湿漉漉的身体上闪亮。他的头发和胡子老长，但看得出来只有三四十岁的样子，除了一样的精瘦外，一点也不像伊依本人。克隆体僵立着，呆滞的目光看着无限远方，似乎对这个刚刚进入的宇宙浑然不知。在他的上方，球体的白光在暗下来，最后完全熄灭了，球体本身也像蒸发似的消失了。但这时，伊依感觉什么东西又亮了起来，很快发现那是克隆体的眼睛，它们由呆滞突然变得充满了智慧的灵光。后来伊依知道，神的记忆这时已全

57

部转移到克隆体中了。

"冷,这就是冷?"一阵轻风吹来,克隆体双手抱住湿乎乎的双肩,浑身打战,但声音中充满了惊喜,"这就是冷,这就是痛苦,精致的、完美的痛苦,我在星际间苦苦寻觅的感觉,尖锐如洞穿时空的十维弦,晶莹如类星体中心的纯能钻石,啊——"他伸开皮包骨头的双臂仰望银河,"前不见古人,后不见来者,念宇宙之……"一阵冷战使克隆体的牙齿咯咯作响,他赶紧停止了出生演说,跑到焚化口边烤火。

克隆体把两手放到焚化口的蓝火焰上烤着,哆哆嗦嗦地对伊依说:"其实,我现在进行的是一项很普通的操作,当我研究和收集一种文明的艺术时,总是将自己的记忆借宿于该文明的一个个体中,这样才能保证对该艺术的完全理解。"

这时,焚化口中的火焰亮度剧增,周围的平面上也涌动着各色的光晕,使得伊依感觉整个平面像是一块漂浮在火海上的毛玻璃。

大牙低声对伊依说:"焚化口已转换为制造口了,神正在进行能—质转换。"看到伊依不太明白,他又解释说:"傻瓜,就是用纯能制造物品,上帝的活计!"

制造口突然喷出了一团白色的东西,那东西在空中展开并落了下来，原来是一件衣服，克隆体接住衣服穿了起来，伊依看到那竟是一件宽大的唐朝古装，用雪白的丝绸做成，有宽大的黑色镶边，刚才还一副可怜相的克隆体穿上它后立刻显得飘飘欲仙，伊依实在想象不出它是如何从蓝火焰中被制造出来的。

又有物品被制造出来，从制造口飞出一块黑色的东西，像石头一样"咚"地砸在平面上，伊依跑过去拾起来。不管他是否相信自己的眼睛，手中拿着的分明是一块沉重的石砚，而且还是冰凉的。接着又有什么"啪"的掉下来，伊依拾起那个黑色的条状物，他没猜错，这是一块墨！接着被制造出来的是几支毛笔，一副笔架，一张雪白的宣纸——从火里飞出的纸！还有几件古色古香的案头小饰品，最后制造出来的也是最大的一件东西：一张样式古老的书案！伊依和大牙忙着把书案扶正，把那些小东西在案头摆放好。

"转化这些东西的能量，足以把一颗行星炸成碎末。"大牙对伊依耳语，声音有些发颤。

克隆体走到书案旁，看着上面的摆设满意地点点头，一手理着刚刚干了的胡子，说："我，李白。"

伊依审视着克隆体问："你是说想成为李白呢，还是真把自己当成了李白？"

"我就是李白,超越李白的李白!"

伊依笑着摇摇头。

"怎么,到现在你还怀疑吗?"

伊依点点头说:"不错,你们的技术远远超过了我的理解力,已与人类想象中的神力和魔法无异,即使是在诗歌艺术方面也有让我惊叹的东西:跨越如此巨大的文化和时空的鸿沟,你竟能感觉到中国古诗的内涵……但理解李白是一回事,超越他又是另一回事,我仍然认为你面对的是不可超越的艺术。"

克隆体——李白的脸上浮现出高深莫测的笑容,但转瞬即逝,他手指书案,对伊依大喝一声:"研墨!"然后径自走去,在几乎走到平面边缘时站住,理着胡须遥望星河沉思起来。

伊依提起书案上的一个紫砂壶向砚上倒了一点清水,拿起那条墨研了起来,他是第一次干这个,笨拙地斜着墨条磨边角。看着砚中渐渐浓起来的墨汁,伊依想到自己正身处距太阳 1.5 个天文单位的茫茫太空中,这个无限薄的平面(即使刚才由纯能制造物品时,从远处看它仍没有厚度)仿佛是一个漂浮在宇宙深渊中的舞台,在它上面,一头恐龙、一个被恐龙当作肉食家禽饲养的人类、一个穿着唐朝古装的准备超越李白的技术之神,正在演出一场怪诞到极点的活剧,想到这里,伊依摇头苦笑起来。

墨研得差不多了,伊依站起来,同大牙一起等待着。这时,平面上的轻风已经停止,太阳和星河静静地发着光,仿佛整个宇宙都在期待。李白静立在平面边缘,由于平面上的空气层几乎没有散射,他在阳光中的明暗部分极其分明,除了理胡须的手不时动一下,简直就是一尊石像。伊依和大牙等啊等,时间在默默地流逝,书案上蘸满了墨的毛笔渐渐有些发干了。不知不觉,太阳的位置已移动了很多,把他们和书案、飞船的影子长长地投在平面上,书案上平铺的白纸仿佛变成了平面的一部分。终于,李白转过身来,慢步走回书案前。伊依赶紧把毛笔重新蘸了墨,用双手递了过去,但李白抬起一只手回绝了,只是看着书案上的白纸继续沉思着,目光中有了些新的东西。

伊依得意地看出,那是困惑和不安。

"我还要制造一些东西,那都是……易碎品,你们去小心接着。"李白指了指制造口说,那里面本来已暗淡下去的蓝焰又明亮进来。伊依和大牙刚刚跑过去,就有一股蓝色的火舌把一个球形物推出来,大牙眼疾手快地接住了,细看是一个大坛子。接着又从蓝焰中飞出了三只大碗,伊依接住了其中的两只,有一只摔碎了。大牙把坛子抱到书案上,小心地打开封盖,一股浓烈的酒味溢了出来，它与伊依惊奇地对视了一眼。

"在我从吞食帝国接收到的地球信息中，有关人类酿造业的资料不多，所以这东西造得不一定准确。"李白说，同时指着酒坛示意伊依尝尝。

伊依拿碗从中舀了一点儿，抿了一口，一股火辣从嗓子眼儿流到肚子里，他点点头："是酒，但是与我们为改善肉质喝的那些相比太烈了。"

"满上。"李白指着书案上的另一个空碗说。待大牙倒满烈酒后，李白端起来咕咚咕咚一饮而尽，然后转身再次向远处走去，不时踉跄两下。到达平面边缘后，又站在那里对着星海深思，但与上次不同的是，他的身体有节奏地左右摆动，像在和着某首听不见的曲子。这次李白沉思不久就走回到书案前，回来的一路上近乎在跳舞，他一把抓过伊依递过来的笔，扔到远处。

"满上。"李白眼睛直勾勾地盯着空碗说。

……

一小时后，大牙用两个大爪小心翼翼地把烂醉如泥的李白放到已清空的书案上，但他一翻身又骨碌下来，嘴里嘀咕着恐龙和人都听不懂的语言。他已经红红绿绿地吐了一大摊——真不知是什么时候吃进去的这些食物，宽大的古服上也污一片。那一摊呕吐物被平面发出的白光透过，形成了一幅抽象图形。李白的嘴上黑乎乎的全是墨,这是因为在喝光第四碗后,他曾试图在纸上写什么,但只是把蘸饱墨的毛笔重重地戳到桌面上,接着,李白就像初学书法的小孩子那样,试图用嘴把笔毛理顺……

"尊敬的神?"大牙伏下身来小心翼翼地问。

"哇咦卡啊……卡啊咦唉哇。"李白大着舌头说。

大牙站起身,摇摇头叹了一口气,对伊依说:"我们走吧。"

另一条路

伊依所在的饲养场位于吞食者的赤道上。当吞食者处于太阳系内层空间时,这里曾是一片夹在两条大河之间的美丽草原。吞食者航出木星轨道后,严冬降临了,草原消失,大河封冻,被饲养的人类都转到地下城中。当吞食者受到神的召唤而返回后,随着太阳的临近,大地回春,两条大河很快解冻了,草原也开始变绿了。

气候好的时候,伊依总是独自住在河边自己搭的一间简陋的草棚中,种地过日子。对于一般人来说,这是不被允许的,但由于伊依在饲养场中讲授的古典文学课程有陶冶情操的功能,他的学生的肉有一种很特别的风味,所以恐龙饲养员也就不干涉他了。

这是伊依与李白初次见面两个月后的一个黄昏,太阳刚刚从吞食帝国平直的地平线上落下,两条映着晚霞的大河在天边交汇。在河边的草棚外,微风把远处草原上欢舞的歌声隐隐送来,伊依独自一人自己和自己下着围棋,抬头看到李白和大牙沿着河岸向这里走来。这时的李白已有了很大的变化,他头发蓬乱,胡子老长,脸晒得很黑,左肩挎着一个粗布包,右手提着一个大葫芦,身上那件古装已破烂不堪,脚上穿着一双已磨得不像样子的草鞋。伊依觉得这时的他倒更像一个人了。

李白走到围棋桌前,像前几次来一样,不看伊依一眼就把葫芦重重地向桌上一放,说:"碗!"待伊依拿来两个木碗后,李白打开葫芦盖,把两只碗里倒满酒,然后又从布包中拿出一个纸包,打开来,伊依发现里面竟放着切好的熟肉,香味扑鼻,不由拿起一块嚼了起来。

大牙只是站在两三米远处静静地看着他们,有前几次的经验,他知道他们俩又要谈诗了,这种谈话,他既无兴趣,也没资格参与。

"好吃,"伊依赞许地点点头,"这牛肉也是纯能转化的?"

"不,我早就回归自然了。你可能没听说过,在距这里很遥远的一个牧场,饲养着来自地球的牛群。这牛肉是我亲自做的,是用山西平遥牛肉的做法,关键是在炖的时候放——"李白凑到伊依耳边神秘地说:"尿碱。"

伊依迷惑不解地看着他。

"哦,就是人类的小便蒸干以后析出的那种白色的东西,能使炖好的肉外观红润,肉质鲜嫩,肥而不腻,瘦而不柴。"

"这尿碱……也不是纯能做出来的?"伊依恐惧地问。

"我说过自己已经回归自然了!尿碱是我费了好大劲儿从几个人类饲养场收集来的,这是很正宗的民间烹饪技艺,在地球毁灭前就早已失传。"

伊依已经把嘴里的牛肉咽下去了,为了抑制呕吐,他端起了酒碗。

李白指指葫芦说:"在我的指导下,吞食帝国已经建起了几个酒厂,能够生产大部分地球名酒。这是它们酿制的正宗竹叶青,是用汾酒浸泡竹叶而成的。"

伊依这才发现碗里的酒与前几次李白带来的不同,呈翠绿色,入口后有甜甜的药草味。

"看来,你对人类文化已了如指掌了。"伊依感慨地对李白说。

"不仅如此,我还花了大量的时间亲身体验。你知道,吞食帝国很多地区的风景与李白所在的地球极为相似。这两个月来,我浪迹于这山水之间,饱览美景,月下饮酒,山巅吟诗,还在遍布各地的人类饲养场中有过几次艳遇……"

"那么,现在总能让我看看你的诗作了吧。"

李白呼地放下酒碗,站起身,不安地踱起步来,"是作了一些诗,而且是些肯定让你吃惊的诗,你会看到,我已经是一个很出色的诗人了,甚至比你和你的祖爷爷都出色。但我不想让你看,因为我同样肯定你会认为那些诗没有超越李白,而我……"他抬起头遥望天边落日的余晖,目光中充满了迷离和痛苦,"也这么认为。"

远处的草原上,舞会已经结束,快乐的人们开始享用丰盛的晚餐。有一群少女向河边跑来,在岸边的浅水中嬉戏。她们头戴花环,身上披着薄雾一样的轻纱,在暮色中构成一幅醉人的画面。伊依指着距草棚较近的一个少女问李白:"她美吗?"

"当然。"李白不解地看着伊依说。

"想象一下,把她的脏器、肌肉和脂肪按其不同部位和功能分割开来,再把所有的血管和神经分别理成两束,最后在这里把这些东西按解剖学原理分门别类地放好,你还觉得美吗?"

"你怎么在喝酒的时候想到这些?恶心。"李白皱起眉头说。

"怎么会恶心呢？这不正是你所崇拜的技术吗？"

"你到底想说什么？"

"李白眼中的大自然就是你现在看到的河边少女，而同样的大自然在技术的眼睛中呢，就是那些井然有序的部件，所以，技术是反诗意的。"

"你好像对我有什么建议？"李白理着胡子若有所思地说。

"我仍然不认为你有超越李白的可能，但可以为你的努力指出一个正确的方向：技术的迷雾蒙住了你的双眼，使你看不到自然之美。所以，你首先要做的是把那些超级技术全部忘掉。你既然能够把自己的全部记忆移植到你现在的大脑中，当然也可以删除其中的一部分。"

李白抬头和大牙对视了一下，两者都哈哈大笑起来。大牙对李白说："尊敬的神，我早就告诉过您，虫虫是多么的狡诈，您稍不小心就会跌入他们设下的陷阱。"

"哈哈哈哈，是狡诈，但也有趣。"李白对大牙说，然后转向伊依，冷笑着说："你真的认为我是来认输的？"

"你没能超越人类诗词艺术的巅峰，这是事实。"

李白突然抬起一只手，指着大河，问："到河边去有几种走法？"

伊依不解地看了李白几秒钟:"好像……只有一种。"

"不,是两种,我还可以向这个方向走,"李白指着与河相反的方向说,"这样一直走,绕吞食帝国的大环一周,再从对岸过河,也能走到这个岸边,我甚至还可以绕银河系一周再回来。对于我们的技术来说,这也易如反掌。技术可以超越一切!我现在已经被逼得要走另一条路了!"

伊依努力想了好半天,终于困惑地摇摇头:"就算是你有神一般的技术,我还是想不出超越李白的另一条路在哪儿。"

李白站起来说:"很简单,超越李白的两条路是:一、把超越他的那些诗写出来;二、把所有的诗都写出来!"

伊依显得更糊涂了,但站在一旁的大牙似有所悟。

"我要写出所有的五言和七言诗,这是李白所擅长的;另外,我还要写出常见词牌的所有的词!你怎么还不明白?我要在符合这些格律的诗词中,试遍所有汉字的所有组合!"

"啊,伟大!伟大的工程!"大牙忘形地欢呼起来。

"这很难吗?"伊依傻傻地问。

"当然难,难极了!如果用吞食帝国最大的计算机来进行这样的计算,可能到宇宙末日也完成不了!"

"没那么多吧?"伊依充满疑问地说。

"当然有那么多！"李白得意地点点头，"但使用你们还远未掌握的量子计算技术，就能在可以接受的时间内完成这样的计算。到那时，我就写出了所有的诗词，包括所有以前写过的和所有以后可能写的，特别注意，所有以后可能写的！超越李白的巅峰之作自然包括在内。事实上，我终结了诗词艺术，直到宇宙毁灭，所出现的任何一个诗人，不管他们达到了怎样的高度，都不过是个抄袭者，他的作品肯定能在我那巨大的存储器中检索出来。"

大牙突然发出了一声低沉的惊叫，看着李白的目光由兴奋变为震惊："巨大的……存储器？尊敬的神，您该不是说，要把量子计算机写出的诗都……都存起来吧？"

"写出来就删除有什么意思呢？当然要存起来！这将是我的种族留在这个宇宙中的艺术丰碑之一！"

大牙的目光由震惊变为恐惧，把粗大的双爪向前伸着，两腿打弯，像要给李白跪下，声音也像要哭出来似的："使不得，尊敬的神，这使不得啊！"

"是什么把你吓成这样？"伊依抬头惊奇地看着大牙问。

"你个白痴！你不是知道原子弹是原子做的吗？那存储器也是原子做的，它的存储精度最高只能达到原子级别！知道什么是原子级别的存储吗？就是说一个针尖大小的地方，就能存下人类所有的书！不是你们现在那点儿书，是地球被吃掉前上面所有的书！"

"啊，这好像是有可能的，听说一杯水中的原子数比地球上海洋中水的杯数都多。那，他写完那些诗后带根儿针走就行了。"伊依指指李白说。

大牙恼怒之极，来回急走几步，总算挤出了一点儿耐性："好，好，你说，按神说的那些五言七言诗，还有那些常见的词牌，各写一首，总共有多少字？"

"不多，也就两三千字吧，古典诗词是最精练的艺术。"

"那好，我就让你这个白痴虫虫看看它有多么精练！"大牙说着走到桌前，用爪指着上面的棋盘说："你们管这种无聊的游戏叫什么？哦，围棋，这上面有多少个交叉点？"

"纵横各 19 行，共 361 点。"

"很好，每个点上可以放黑子、白子或空着，共三种状态，这样，每一个棋局，就可以看作由三个汉字写成的一首 19 行 361 个字的诗。"

"这比喻很妙。"

"那么，穷尽这三个汉字在这种诗上的所有组合，总共能写出多少首诗呢？让我告诉你：3 的 361 次方首，或者说，嗯，我想想，10 的 172 次方首！"

"这……很多吗？"

"白痴！"大牙第三次骂出这个词，"宇宙中的全部原子只有……啊——"它气恼得说不下去了。

"有多少？"伊依仍是那副傻样。

"只有10的80次方个！你个白痴虫虫啊——"

直到这时，伊依才表现出了一点儿惊奇："你是说，如果一个原子存储一首诗，用光宇宙中的所有原子，还存不完他的量子计算机写出的那些诗？"

"差远呢！差10的92次方倍呢！再说，一个原子哪能存下一首诗？人类虫虫的存储器，存一首诗用的原子数可能比你们的人口都多，至于我们，用单个原子存储一位二进制还仅处于实验室阶段……唉。"

"使者，在这一点上是你目光短浅了。想象力不足，正是吞食帝国技术进步缓慢的原因之一。"李白笑着说，"使用基于量子多态迭加原理的量子存储器，只用很少量的物质就可以存下那些诗。当然，量子存储不太稳定，为了永久保存那些诗作，还需要与更传统的存储技术结合使用，即使这样，制造存储器需要的物质量也是很少的。"

"是多少？"大牙问，看那样子显然心已提到了嗓子眼儿。

"大约为10的57次方个原子，微不足道，微不足道！"

"这……这正好是整个太阳系的物质量！"

"是的,包括所有的太阳行星,当然也包括吞食帝国。"

李白最后这句话是轻描淡写地随口而出的,但在伊依听来却像晴天霹雳,不过大牙反倒显得平静下来。当长时间受到灾难预感的折磨后,灾难真正来临时,反而有一种解脱感。

"您不是能把纯能转换成物质吗?"大牙问。

"得到如此巨量的物质需要多少能量你不会不清楚,这对我们也是不可想象的,还是用现成的吧。"

"这么说,皇帝的忧虑不无道理。"大牙自语道。

"是的是的,"李白欢快地说,"我前天已向吞食皇帝说明,这个伟大的环形帝国将被用于一个更伟大的目的,所有的恐龙应该为此感到自豪。"

"尊敬的神,您会看到吞食帝国的感受的。"大牙阴沉地说,"还有一个问题:与太阳相比,吞食帝国的质量实在是微不足道,为了得到这九牛之一毛的物质,有必要毁灭一个进化了几千万年的文明吗?"

"你的这个疑问我完全理解。但要知道,熄灭、冷却和拆解太阳是需要很长时间的,在这之前对诗的量子计算就已经开始了,我们需要及时地把结果存起来,清空量子计算机的内存以继续计算。这样,可以立即用于制造存储器的行星和吞食帝国的物质就是必不可少的了。"

"明白了，尊敬的神，最后一个问题：有必要把所有的组合结果都存起来吗？为什么不能在输出端加一个判断程序，把那些不值得存储的诗作剔除掉？据我所知，中国古诗是要遵从严格的格律的。如果把不符合格律的诗去掉，那最后的总量将大为减少。"

"格律？哼，"李白不屑地摇摇头，"那不过是对灵感的束缚。中国南北朝以前的古体诗并不受格律的限制，即使是在唐代以后严格的近体诗中，也有许多古典诗词大师不遵从格律，写出了许多卓越的变体诗。所以，在这次终极吟诗中，我将不考虑格律。"

"那，您总该考虑诗的内容吧？最后的计算结果中肯定有百分之九十九的诗是毫无意义的，存下这些随机的汉字矩阵有什么用？"

"意义？"李白耸耸肩说，"使者，诗的意义并不取决于你的认可，也不取决于我或其他任何人，它取决于时间。许多在当时无意义的诗后来成了旷世杰作，而现今和以后的许多杰作在遥远的过去肯定也曾是无意义的。我要作出所有的诗，亿亿亿万年之后，谁知道伟大的时间把其中的哪首选为巅峰之作呢？"

"这简直荒唐！"大牙大叫起来，它那粗放的嗓音惊

起了远处草丛中的几只鸟,"如果按现有的人类虫虫的汉字字库,您的量子计算机写出的第一首诗应该是这样的:

啊啊啊啊啊
啊啊啊啊啊
啊啊啊啊啊
啊啊啊啊唉

"请问,伟大的时间会把这首选为杰作?"

一直不说话的伊依这时欢叫起来:"哇!还用什么伟大的时间来选?它现在就是一首巅峰之作耶!前三行和第四行的前四个字都是表达生命对宏伟宇宙的惊叹,最后一个字是诗眼,是诗人在领略了宇宙之浩渺后,对生命在无限时空中的渺小发出的一声无奈的叹息。"

"呵呵呵呵呵,"李白抚着胡须乐得合不上嘴,"好诗,伊依虫虫,真的是好诗,呵呵呵……"说着拿起葫芦给伊依倒酒。

大牙挥起巨爪,一巴掌把伊依打了老远,"混账虫虫,我知道你现在高兴了,可不要忘记,吞食帝国一旦毁灭,你们也活不了!"

伊依一直滚到河边,好半天才爬起来,他满脸沙土,咧大了嘴，不顾疼痛地大笑起来，"哈哈，有趣，这个宇宙真不可思议！"他忘形地喊道。

"使者，还有问题吗？"看到大牙摇头，李白接着说，"那么，我在明天就要离去，后天，量子计算机将启动作诗软件，终极吟诗将开始；同时，熄灭太阳，拆解行星和吞食帝国的工程也将启动。"

"尊敬的神，吞食帝国在今天夜里就能做好战斗准备！"大牙立正后庄严地说。

"好好，真是很好，往后的日子会很有趣的，但这一切发生之前，还是让我们喝完这一壶酒吧。"李白快乐地点点头说，同时拿起了酒葫芦，倒完酒，他看着已笼罩在夜幕中的大河，意犹未尽地回味着："真是一首好诗，第一首，呵呵，第一首就是好诗。"

终极吟诗

吟诗软件其实十分简单，用人类的 C 语言表达可能超不过两千行代码，另外再加一个存储所有汉字字符的不大的数据库。当这个软件在位于海王星轨道上的那台量子计算机（一个飘浮在太空中的巨大透明锥体）上启动时，终极吟诗就开始了。

这时吞食帝国才知道，李白只是那个超级文明种族中的一个个体。这与以前预想的不同，当时恐龙们都认为进化到这样技术级别的社会在意识上早就融为一个整体了，吞食帝国在过去一千万年中遇到的五个超级文明都是这种形态。李白一族保持了个体的存在，这也部分解释了他们对艺术超常的理解力。当吟诗开始时，李白一族又有大量的个体从外太空的各个方位跃迁到太阳系，开始了制造存储器的工程。

吞食帝国上的人类看不到太空中的量子计算机，也看不到新来的神族。在他们看来，终极吟诗的过程，就是太空中太阳数目的增减过程。

在吟诗软件启动一个星期后，神族成功地熄灭了太阳。这时，太空中太阳的数目减到零，但太阳内部核聚变的停止使恒星的外壳失去了支撑，使它很快坍缩成一颗新星，于是暗夜很快又被照亮，只是这颗太阳的亮度是以前的上百倍，使吞食帝国表面草木生烟。新星又被熄灭了，但过一段时间后又爆发了，就这样亮了又灭灭了又亮，仿佛太阳是一只九条命的猫，在没完没了地挣扎。但神族对于杀死恒星其实很熟练，他们从容不迫地一次次熄灭新星，使它的物质最大比例地聚变为制造存储器所需的重元素。当第十一次新星熄灭后，太阳才真正咽了气。这时，终极吟诗已经开始了三个地球月。早在这之前，在第三次新星出现时，太空中就有其他的太阳出现，这些太阳在太空中的不同位置此起彼伏地亮起或熄灭，最多时，天空中出现过九个新太阳。这些太阳是神族在拆解行星时的能量释放，由于后来恒星太阳的闪烁已变得暗弱，人们就分不清这些太阳的真假了。

对吞食帝国的拆解是在吟诗开始后第五个星期进行的。这之前，李白曾向帝国提出了一个建议：由神族将所有恐龙跃迁到银河系另一端的一个世界，那里有一个文明，比神族落后许多，仍未纯能化，但比吞食文明要先进得多。恐龙们到那里后，将作为一种小家禽被饲养，过着衣食无忧的快乐生活。但恐龙们宁为玉碎不为瓦全，愤怒地拒绝了这个提议。

李白接着提出了另一个要求：让人类返回他们的母亲星球。其实，地球也被拆解了，它的大部分用于制造存储器，但神族还是剩下了其中的一小部分物质为人类建造了一个空心地球。空心地球的大小与原地球差不多，但其质量仅为后者的百分之一。说地球被掏空了是不确切的，因为原地球表面那层脆弱的岩石根本不可能用来做球壳。球壳的材料可能取自地核，另外球壳上像经纬线般交错的、虽然很细但强度极高的加固圈，是用太阳坍缩时产生的简并态中子物质制造的。

令人感动的是，吞食帝国不但立即答应了李白的要求，允许所有人类离开大环世界，还把从地球掠夺来的海水和空气全部还给了地球，神族借此在空心地球内部恢复了原地球所有的大陆、海洋和大气层。

接着，惨烈的大环保卫战开始了。吞食帝国向太空中的神族目标大量发射核弹和伽马射线激光，但这些对敌人毫无作用。在神族发射的一个无形的强大力场推动下，吞食者大环越转越快，最后在超速自转产生的离心力下解体了。这时，伊依正在飞向空心地球的途中，他从一千二百万千米之外目睹了吞食帝国毁灭的全过程：

大环解体的过程很慢，如同梦幻，在漆黑太空的背景上，这个巨大的世界如同一团浮在咖啡上的奶沫一样散开来，边缘的碎块渐渐隐没于黑暗之中，仿佛被太空溶解了，只有不时出现的爆炸的闪光才使它们重新现形。

这个充满阳刚之气的伟大文明就这样被毁灭了，伊依悲哀万分。只有一小部分恐龙活了下来，与人类一起回归地球，其中包括使者大牙。

在返回地球的途中，人类普遍都很沮丧，但原因与伊依不同：回到地球后是要开荒种地才有饭吃的，这对于已在长期被饲养的生活中变得四肢不勤、五谷不分的人们来说，确实像一场噩梦。

但伊依对地球世界的前途充满信心，不管前面有多少磨难，人将重新成为人。

诗　云

吟诗航行的游艇到达了南极海岸。

这里的重力已经很小，海浪的运行很缓慢，像是一种描述梦幻的舞蹈。在低重力下，拍岸浪把水花送上十几米高处，飞上半空的海水由于表面张力而形成无数水球，大的像足球，小的如雨滴。这些水球在缓慢地下落，慢到可以用手在它们周围划圈。它们折射着小太阳的光芒，使上岸后的伊依、李白和大牙置身于一片晶莹灿烂之中。由于自转的原因，地球的南北极地轴有轻微的拉长，这就使得空心地球的两极地区保持了过去的寒冷状态。低重力下的雪很奇特，呈一种蓬松的泡沫状，浅处齐腰深，深处能把大牙都淹没。但在被淹没后，他们竟能在雪沫中正常呼吸！整个南极大陆就覆盖在这雪沫之下，起伏不平，一片雪白。

伊依一行乘一辆雪地车前往南极点。雪地车像是一艘掠过雪沫表面的快艇，在两侧激起片片雪浪。

第二天，他们到达了南极点。极点的标志是一座高大的水晶金字塔，这是为纪念两个世纪前的地球保卫战而建立的纪念碑，上面没有任何文字和图形，只有晶莹的碑体在地球顶端的雪沫之上默默地折射着阳光。

从这里看去，整个地球世界尽收眼底。光芒四射的小太阳周围围绕着大陆和海洋，使它看上去仿佛是从北冰洋中浮出来似的。

"这个小太阳真的能够永远亮着吗？"伊依问李白。

"至少能亮到新的地球文明进化到能制造新太阳之时，它是一个微型白洞。"

"白洞？是黑洞的反演吗？"大牙问。

"是的，它通过空间虫洞与二百万光年外的一个黑洞相连，那个黑洞围绕着一颗恒星运行，它吸入的恒星的光从这里被释放出来，可以把它看作一根超时空光纤的出口。"

纪念碑的塔尖是拉格朗日轴线的南起点，这是指连接空心地球南北两极的轴线，因战前地月之间的零重力拉格朗日点而得名，这是一条长一万三千千米的零重力轴线。以后，人类肯定要在拉格朗日轴线上发射各种卫星，比起战前的地球来，这种发射易如反掌：只需把卫星运到南极或北极点，愿意的话用驴车运都行，然后用脚把它向空中踹出去就行了。

就在他们观看纪念碑时，又有一辆较大的雪地车载来了一群年轻的旅行者。这些人下车后双腿一弹，径直跃向空中，沿拉格朗日轴线高高飞去，把自己变成了卫星。从这里看去，有许多小黑点在空中标出了轴线的位置，那都是在零重力轴线上飘浮的游客和各种车辆。本来，从这里可以直接飞到北极，但小太阳位于拉格朗日轴线中部，最初有些沿轴线飞行的游客因随身携带的小型喷气推进器坏了，无法减速而一直飞到太阳里，其实在距小太阳很远的距离上他们就被蒸发了。

在空心地球，进入太空也是一件很容易的事，只需要跳进赤道上的五口深井（名叫地门）中的一口，向下坠落一百千米，穿过地壳，就被空心地球自转的离心力抛进太空了。

现在，伊依一行为了看诗云也要穿过地壳，但他们走的是南极的地门，在这里，地球自转的离心力为零，所以不会被抛入太空，只能到达空心地球的外表面。他们在南极地门控制站穿好轻便太空服后，就进入了那条长一百千米的深井，由于没有重力，叫它隧道更合适一些。在失重状态下，他们借助于太空服上的喷气推进器前进，这比在赤道的地门中坠落要慢得多，用了半个小时才来到外表面。

空心地球外表面十分荒凉，只有纵横的中子材料加固圈。这些加固圈把地球外表面按经纬线划分成了许多个方格，南极点正是所有经线加固圈的交点。当伊依一行走出地门后，看到自己身处一个面积不大的高原上，地球加固圈像一道道漫长的山脉，以高原为中心呈放射状地向各个方向延伸。

抬头，他们看到了诗云。

诗云处于已消失的太阳系所在的位置，是一片直径为一百个天文单位的旋涡状星云，形状很像银河系。空心地球处于诗云边缘，与原来太阳在银河系中的位置也很相似。不同的是，地球的轨道与诗云不在同一平面，这就使得从地球上可以看到诗云的一面，而不是像银河系那样只能看到截面。但地球离开诗云平面的距离还远不足以使这里的人们观察到诗云的完整形状，事实上，南半球的整个天空都被诗云所覆盖。

诗云发出银色的光芒，能在地上照出人影。据说诗云本身是不发光的，这银光是宇宙射线激发出来的。由于空间的宇宙射线密度不均，诗云中常涌动着大团的光晕，那些色彩各异的光晕滚过长空，好像是潜行在诗云中的发光巨鲸。也有很少的时候，宇宙射线的强度急剧增加，在诗云中激发出粼粼的光斑，这时的诗云已完全不像云了，整个天空仿佛是一个月夜从水下看到的海面。地球与诗云的运行并不是同步的，所以有时地球会处于旋臂间的空隙上，这时透过空隙可以看到夜空和星星，最为激动人心的是，在旋臂的边缘还可以看到诗云的断面形状，它很像地球大气中的积雨云，变幻出各种宏伟的让人浮想联翩的形体，这些巨大的形体高高地升出诗云的旋转平面，发出幽幽的银光，仿佛是一个超级意识没完没了的梦境。

伊依把目光从诗云收回，从地上拾起一块晶片，这种晶片散布在他们周围的地面上，像严冬的碎冰般闪闪发亮。伊依举起晶片，对着诗云密布的天空。晶片很薄，有半个手掌大小，正面看全透明，但把它稍斜一下，就会看到诗云的亮光在它表面映出的霓彩光晕。这就是量子存储器，人类历史上产生的全部文字信息，也只能占它们每一片存贮量的几亿分之一。诗云就是由 10 的 40 次方片这样的存储器组成的，它们存储了终极吟诗的全部结果。这片诗云，是用原来构成太阳和它的九大行星的全部物质所制造，当然也包括吞食帝国。

"真是伟大的艺术品！"大牙由衷地赞叹道。

"是的，它的美在于其内涵：一片直径一百亿千米的，

83

包含着全部可能的诗词的星云,这太伟大了!"伊依仰望着星云激动地说,"我,也开始崇拜技术了。"

一直情绪低落的李白长叹一声:"唉,看来我们都在走向对方,我看到了技术在艺术上的极限,我……"他抽泣起来,"我是个失败者,呜呜……"

"你怎么能这样讲呢?"伊依指着上空的诗云说,"这里面包含了所有可能的诗,当然也包括那些超越李白的诗!"

"可我却得不到它们!"李白一跺脚,飞起了几米高,在半空中卷成一团,悲伤地把脸埋在两膝之间呈胎儿状,在地壳那十分微小的重力下缓缓下落,"在终极吟诗开始时,我就着手编制诗词识别软件,这时,技术在艺术中再次遇到了那道不可逾越的障碍,到现在,具备古诗鉴赏力的软件也没能编出来。"他在半空中指指诗云,"不错,借助伟大的技术,我写出了诗词的巅峰之作,却不可能把它们从诗云中检索出来,唉……"

"智慧生命的精华和本质,真的是技术所无法触及的吗?"大牙仰头对着诗云大声问,经历过这一切,它变得越来越哲学了。

"既然诗云中包含了所有可能的诗,那其中自然有一部分诗,是描写我们全部的过去和所有可能与不可能的未来的。伊依虫虫肯定能找到一首诗，描述他在三十年前的一天晚上剪指甲时的感受，或十二年后的一顿午餐的菜谱；大牙使者也可以找到一首诗，描述它的腿上的某一块鳞片在五年后的颜色……"说着，已重新落回地面的李白拿出了两块晶片，它们在诗云的照耀下闪闪发光，"这是我临走前送给二位的礼物，这是量子计算机以你们的名字为关键词，在诗云中检索出来的与二位有关的几亿亿首诗，描述了你们在未来各种可能的生活，当然，在诗云中，这也只占描写你们的诗作里极小的一部分。我只看过其中的几十首，最喜欢的是关于伊依虫虫的一首七律，描写他与一位美丽的村姑在江边相爱的情景……我走后，希望人类和剩下的恐龙好好相处，人类之间更要好好相处，要是空心地球的球壳被核弹炸个洞，可就麻烦了……诗云中的那些好诗目前还不属于任何人，希望人类今后能写出其中的一部分。"

"我和那位村姑后来怎样了？"伊依好奇地问。

在诗云的银光下，李白嘻嘻一笑："你们幸福地生活在一起。"

欢乐颂
HUAN LE SONG

音乐会

为最后一届联合国大会闭幕举行的音乐会是一场阴郁的音乐会。

自本世纪初某些恶劣的先例之后,各国都对联合国采取了一种更加实用的态度,认为将它作为实现自己利益的工具是理所当然的,进而对《联合国宪章》都有了自己更为实用的理解。中小国家纷纷挑战常任理事国的权威,而每一个常任理事国都认为自己在这个组织中应该有更大的权威,结果是联合国丧失了一切权威……当这种趋势发展了十年后,所有的拯救努力都已失败。人们一致认为,联合国和它所代表的理想主义都不再适用于今天的世界,是摆脱它们的时候了。

最后一届联合国大会是各国首脑到得最齐的一届,他们要为联合国举行一场最隆重的葬礼,这场在联合国大厦外的草坪上举行的音乐会是这场葬礼的最后一项活动。

太阳已落下去好一会儿了,这是昼与夜最后交接的时刻,也是一天中最迷人的时候。这时,让人疲倦的现实的细节已被渐浓的暮色所掩盖,夕阳最后的余晖把世界最美的一面映照出来,草坪上充满嫩芽的气息。

联合国秘书长最后来到。在走进草坪时,他遇到了今晚音乐会的主要演奏者之一克莱德曼,并很高兴地与他谈起来。

"您的琴声使我陶醉。"他微笑着对钢琴王子说。

克莱德曼穿着他喜欢的那身雪白的西装,看上去很不安:"如果真是这样,我万分欣喜,但据我所知,对请我来参加这样的音乐会,人们有些看法……"

其实不仅仅是看法,教科文组织的总干事,同时是一名艺术理论家,公开说克莱德曼顶多是街头艺人的水平,他的演奏是对钢琴艺术的亵渎。

秘书长抬起一只手制止他说下去:"联合国不能像古

典音乐那样高高在上,如同您架起古典音乐通向大众的桥梁一样,它应把人类最崇高的理想播撒到每个普通人心中,这是今晚请您来的原因。请相信,我曾在非洲炎热肮脏的贫民窟中听到过您的琴声,那时我有种在阴沟里仰望星空的感觉,真的使我陶醉。"

克莱德曼指了指草坪上的元首们:"我觉得这里充满了家庭的气氛。"

秘书长也向那边看了一眼:"至少在今夜的这块草坪上,乌托邦还是现实的。"

秘书长走进草坪,来到了观众席的前排。本来,在这个美好的夜晚,他打算把自己政治家的第六感关闭,做一个普通的听众,但这不可能做到。在走向这里时,他的第六感注意到了一件事:正在同美国总统交谈的中国国家主席抬头看了一眼天空。这本来是一个十分平常的动作,但秘书长注意到他仰头观看的时间稍长了一些,也许只长了一两秒钟,但秘书长注意到了。当秘书长同前排的国家元首依次握手致意后坐下时,旁边的中国主席又抬头看了一眼天空,这证实了他刚才的猜测。国家元首的举止看似随意,实际上都暗含深意。在正常情况下,后面这个动作是绝对不会出现的,美国总统也注意到了这一点。

"纽约的灯火使星空暗淡了许多,华盛顿的星空比这里更灿烂。"总统说。

中国主席点点头,没有说话。

总统接着说:"我也喜欢仰望星空,在变幻不定的历史进程中,我们这样的职业最需要一个永恒稳固的参照物。"

"这种稳固只是一种幻觉。"中国主席说。

"为什么这么说呢?"

中国主席没有回答,指着空中刚刚出现的群星说:"您看,那是南十字座,那是大犬座。"

总统笑着说:"您刚刚证明了星空的稳固,在一万年前,如果这里站着一位原始人,他看到的南十字座和大犬座的形状一定与我们现在看到的完全一样,这些星座的名字可能就是他们首先想出来的。"

"不,总统先生,事实上,昨天这里的星空都可能与今天不同。"中国主席第三次仰望星空,他脸色平静,但眼中严峻的目光使秘书长和总统都暗暗紧张起来。他们也抬头看看天,这是他们见过无数次的宁静星空,并没有什么异样,他们都询问式地看着主席。

"我刚才指出的那两个星座,应该只能在南半球看到。"主席说,他没有再次向他们指出那些星座,也没有再看星空，双眼沉思着平视前方。

秘书长和总统迷惑地看着中国主席。

"我们现在看到的，是地球另一面的星空。"中国主席平静地说。

"您……开玩笑？"总统差点失声惊叫起来，但他控制住了自己，声音反而比刚才更低了。

"看，那是什么？"秘书长指指天顶说，为了不惊动其他人，他的手只举到与眼睛平齐的位置。

"当然是月亮。"总统向正上方看了一眼答道，但看到旁边的中国主席缓缓地摇了摇头，他又抬头看，这次他对自己的判断产生了怀疑：初看去，天空正中那个半圆形的东西很像半盈的月亮，但它呈蔚蓝色，仿佛是白昼的蓝天退去时被粘下了一小片。总统仰头仔细观察太空中的那个蓝色半圆，一旦集中注意力，他那敏锐的观察力就表现出来，他伸出一根手指，用它作为一把尺子量着这个蓝月亮，说："它在扩大。"

三人都仰头目不转睛地盯着看，不再顾及是否惊动了别人。两边和后面的国家元首们都注意到了他们的动作，有更多的人抬头向那个方向看，露天舞台上乐队调试乐器的声音戛然而止。

这时已经可以肯定，那个蓝色的半球不是月亮，因为它的直径已膨胀到月亮的两倍左右，它的另一个处在黑暗中的半球也显现出来，呈暗蓝色。在明亮的半球上可以看清一些细节，人们发现它的表面并非全部是蓝色，还有一些黄褐色的区域。

"天啊，那不是北美洲吗？"有人惊叫。他是对的，人们看到了那熟悉的大陆形状，此时它正处在球体明亮与黑暗的交界处，不知是否有人想到，这与他们现在所处的位置一致。接着，人们又认出了亚洲大陆，认出了北冰洋和白令海峡……

"那是……是地球！"

美国总统收回了手指，这时，太空中蓝色球体的膨胀不借助参照物也能看出来，它的直径现在至少三倍于月球了！开始，人们都觉得它像太空中被急速吹胀的一个气球，但人群中的又一声惊呼立刻改变了人们的这个想象。

"它在掉下来！"

这话给人们看到的景象提供了一个合理的解释。不管是否正确，他们都立刻对眼前发生的事有了新的感觉：太空中的另一个地球正在向他们砸下来！那个蓝色球体在逼近，它已占据了三分之一的天空，其表面的细节可以看得更清楚了：褐色的陆地上布满了山脉的皱纹，一片片云层好像是紧贴着大陆的残雪，云层在大地上投下的影子给它们镶上了一圈黑边；北极也有一层白色，它们的某些部分闪闪发光，那不是云，是冰层；在蔚蓝色的海面上，有一个旋涡状的物体懒洋洋地转动着，雪白雪白的，看上去柔弱而美丽，像一朵贴在晶莹蓝玻璃瓶壁上的白绒花，那是一处刚刚形成的台风……当那蓝色的巨球占据了一半天空时，几乎在同一时刻，人们的视觉再次发生了奇妙的变化。

"天啊，我们在掉下去！"

这感觉的颠倒是在一瞬间发生的。这个占据半个天空的巨球表面突然产生了一种高度感，人们感觉到脚下的大地已不存在，自己处于高空中，正向那个地球掉下去，掉下去……那个地球表面可以看得更细了，在明暗交界线黑暗一侧的不远处，视力好的人可以看到一条微弱的荧光带，那是美国东海岸城市的灯光，其中较为明亮的一小团荧光就是纽约，是他们所在的地方。来自太空的地球迎面扑来，很快占据了三分之二的天空，两个地球似乎转眼间就要相撞了，人群中传出一两声惊叫声，许多人恐惧地闭上了双眼。

就在这时，一切突然静止，天空中的地球不再下落，或者脚下的地球不再向它下坠。这个占据三分之二天空的巨球静静地悬在上方，大地笼罩在它那蓝色的光芒中。

这时，市区传来喧闹声，骚乱开始出现了。但草坪上的人们毕竟是人类中在意外事变面前神经最坚强的一群人，面对这噩梦般的景象，他们很快控制住自己的惊慌，默默思考着。

"这是一个幻象。"联合国秘书长说。

"是的，"中国主席说，"如果它是实体，应该能感觉到它的引力效应，我们离海这么近，这里早就被潮汐淹没了。"

"远不是潮汐的问题了，"俄罗斯总统说，"两个地球的引力足以互相撕碎对方了。"

"事实上，物理定律不允许两个地球这么待着！"日本首相说，他接着转向中国主席，"那个地球出现前，你谈到了我们上方出现了南半球的星空，这与现在发生的事有什么联系吗？"他这么说，等于承认刚才偷听了别人的谈话，但现在也顾不了这么多了。

"也许我们马上就能得到答案！"美国总统说，他这时正拿着一部手机说着什么，旁边的国务卿告诉大家，总统正在与国际空间站联系。于是，所有的人都把期待的目光汇聚到他身上。总统专心地听着手机，几乎不说话，整个草坪陷入一片寂静之中。在天空中另一个地球的蓝光里，人们像一群虚幻的幽灵。就这么等了约两分钟，总统在众人的注视下放下电话，登上一把椅子，大声说："各位，事情很简单，地球的旁边出现了一面大镜子！"

镜　子

它就是一面大镜子，很难再被看成别的什么东西。它的表面对可见光进行毫不衰减、毫不失真的全反射，也能反射雷达波；这面宇宙巨镜的面积约一百亿平方千米，如果拉开足够的距离看，镜子和地球，就像一个棋盘正中放着一枚棋子。

本来，对于"奋进号"上的宇航员来说，得到这些初步的信息并不难，他们中有一名天文学家和一名空间物理学家，他们还可借助包括国际空间站在内的所有太空设施进行观测，但航天飞机险些因他们暂时的精神崩溃而坠毁。国际空间站是最完备的观测平台，但它的轨道位置不利于对镜子的观测，因为镜子悬于地球北极上空约450千米的高度，其镜面与地球的自转轴几乎垂直。而此时，"奋进号"航天飞机已变轨至一条通过南北极上空的轨道，以完成一项对极地上空臭氧空洞的观测，它的轨道高度为280千米，正从镜子与地球之间飞过。

那情形真是一场噩梦，航天飞机在两个地球之间爬行，仿佛飞行在由两道蓝色的悬崖构成的大峡谷中。驾驶员坚持认为这是幻觉，是他在3000小时的歼击机飞行时间中遇到过两次的倒飞幻觉（注：一种飞行幻觉，飞行员在幻觉中误认为飞机在倒飞），但指令长坚持认为确实有两个地球，并命令根据另一个地球的引力参数调整飞行轨道，那名天文学家及时制止了他。当他们初步控制了自己的恐慌后，通过观测航天飞机的飞行轨道得知，两个地球中有一个没有质量，大家都倒吸了一口冷气：如果按两个地球质量相等来调整轨道，"奋进号"此时已变成北极冰原上空的一颗火流星了。

宇航员们仔细观察那个没有质量的地球。目测可知，航天飞机距那个地球要远许多，但它的北极与这个地球的北极好像没有什么不同，事实上，它们太相像了。宇航员们看到，在两个地球的北极点上空都有一道极光，这两道长长的暗红色火蛇在两个地球的同一位置以完全相同的形状缓缓扭动着。后来他们终于发现了一件这个地球没有的东西：那个零质量地球上空有一个飞行物，通过目测，他们判断那个飞行物是在零质量地球上空约300千米的轨道上运行，他们用机载雷达探测它，想得到它精确的轨道参数，但雷达波在一百多千米处却像遇到一堵墙一样被弹了回来，零质量地球和那个飞行物都在墙的另一面。指令长透过驾驶舱的舷窗，用高倍望远镜观察那个飞行物，看到那也是一架航天飞机,它正沿低轨道越过北极的冰海,看上去像一只在蓝白相间的大墙上爬行的蛾子。他注意到,在那架航天飞机的前部舷窗里有一个身影,看得出那人正举着望远镜向这里看,指令长挥挥手,那人也同时挥挥手。

于是,他们得知了镜子的存在。

航天飞机改变轨道,向上沿一条斜线朝镜子靠近,一直飞到距镜子3千米处。在视距6千米远处,宇航员们可以清楚看到"奋进号"在镜子中的映像,尾部发动机喷出的火光使它像一只缓缓移动的萤火虫。

一名宇航员进入太空,去进行人类同镜子的第一次接触。太空服上的推进器拉出一道长长的白烟,宇航员很快越过了这3千米距离,他小心翼翼地调整着推进器的喷口,最后悬浮在与镜子相距10米左右的位置。在镜子中,他的映像异常清晰,毫不失真;由于宇航员是在轨道上运行,而镜子与地球处于相对静止状态,所以宇航员与镜子之间有高达每秒近10千米的相对速度,他实际上是在闪电般掠过镜子表面,但从镜子上丝毫看不出这种运动。

这是宇宙中最平滑、最光洁的表面了。

在宇航员减速时,把推进器的喷口长时间对着镜子,苯化物推进剂形成的白雾向镜子飘去。以前在太空行走中，当这种白雾接触航天飞机或空间站的外壁时，会立刻在上面留下一片由霜构成的明显污痕，他由此断定，白雾也会在镜子上留下痕迹。由于相互间的高速运动，这痕迹将是长长的一道，就像他童年时常用肥皂在浴室的镜子上画出的一样。但航天飞机上的人没有看到任何痕迹，白雾接触镜面后就消失了，镜面仍是那样令人难以置信的光洁。

由于轨道的形状，航天飞机和这名宇航员能与镜子这样近距离接触的时间不多，这就使宇航员焦急地做了下一件事。看到白雾在镜面上消失，几乎是下意识地，他从工具袋中掏出一把空心扳手，向镜子掷过去。扳手刚出手，他和航天飞机上的人都惊呆了，他们这时才意识到扳手与镜面之间的相对速度，这速度使扳手具有一颗重磅炸弹的威力。他们恐惧地看着扳手翻滚着向镜面飞去，想象着在接触的一瞬间，蛛网状致密的裂纹从接触点放射状地在镜面平原上闪电般扩散，巨镜化为亿万块在阳光中闪烁的小碎片，在漆黑的太空中形成一片耀眼的银色云海……但扳手接触镜面后立刻消失了，没留下一丝痕迹，镜面仍光洁如初。

其实，很容易得知镜子不是实体，没有质量，否则它不可能以与地球相对静止的状态悬浮在北半球上空（按双方的大小比例，更准确的说法应该是地球悬浮在镜面的正中)。镜子不是实体,而是一种力场类的东西,刚才与其接触的白雾和扳手证明了这一点。

宇航员小心地开动推进器,喷口的微调装置频繁地动作,最后使他与镜面的距离缩短为半米。他与镜子中的自己面对面地对视着,再次惊叹映像的精确,那是现实的完美拷贝,给人的感觉甚至比现实更精细。他抬起一只手,伸向前去,与镜面中的手相距不到一厘米,几乎合到一起。耳机中一片寂静,指令长并没有制止他。他把手向前推去,手在镜面下消失了,他与镜中人的两只胳膊从手腕处连在一起,他的手在这接触过程中没任何感觉。他把手抽回来,举在眼前仔细看,太空服手套完好无损,也没有任何痕迹。

宇航员和下面的航天飞机正在飘离镜面,他们只能不断地开动发动机和推进器,保持与镜面的近距离,但由于飞行轨道的形状,飘离越来越快,很快将使这种修正成为不可能。再次近距离接触只能等绕地球一周转回来,那时谁知道镜子还在不在?想到这里,他下定决心,启动推进器,径直向镜面冲去。

宇航员看到镜中自己的映像迎面扑来,最后,映像的太空服头盔上那个像大水银泡似的单向反射面罩充满了视野。在与镜面相撞的瞬间,他努力使自己没有闭上双眼。

相撞时没有任何感觉,这一瞬间后,眼前的一切消失了,空间黑了下来,他看到了熟悉的银河星海。他猛地回头,在下面也是完全一样的银河景象,但有一样上面没有的东西:渐渐远去的他自己的映像。映像是从下向上看,只能看到他的鞋底,他和映像身上的两个推进器喷出的两条白雾平滑地连接在一起。

他已穿过了镜子,镜子的另一面仍然是镜子。

在他冲向镜子时,耳机中响着指令长的声音,但穿过镜面后,这声音像被一把利刃切断了,这是镜子挡住了电波。更可怕的是,镜子的这一面看不到地球,周围全是无际的星空,宇航员感到自己被隔离在另一个世界,心中一阵恐慌。他调转喷口,刹住车后,向回飞去。这一次,他不像来时那样使身体与镜面平行,而是与镜面垂直,头朝前像跳水那样向镜面飘去。在即将接触镜面前,他把速度降到了很低,与镜中的映像头顶头地连在一起,在他的头部穿过镜子后,他欣慰地看到了下方蓝色的地球,耳机中也响起了指令长熟悉的声音。

他把飘行的速度降到零。这时,他只有胸部以上的部分穿过了镜子,身体的其余部分仍在镜子的另一面。他调整推进器的喷口方向,开始后退,这使得仍在镜子另一面的喷口喷出的白雾溢到了镜子这一面,白雾从他周围的镜面冒出，他仿佛是在沉入一个白雾缭绕的平静湖面。当镜面升到鼻子的高度时，他又发现了一件令人吃惊的事：镜面穿过了太空服头盔的面罩，充满了他的脸和面罩间的这个月牙形的空间，他向下看，这个月牙形的镜面映着他那惊恐的瞳仁。镜面一定整个切穿了他的头颅，但他什么也感觉不到。他把飘行速度减到最低，比钟表的秒针快不了多少，一毫米一毫米地移动，终于使镜面升到自己的瞳仁正中。这时，镜子从视野中完全消失了，周围的一切都恢复了原状：一边是蓝色的地球，另一边是灿烂的银河。但这个他熟悉的世界只存在了两三秒钟，飘行的速度不可能完全降到零，镜面很快移到了他双眼的上方，一边的地球消失了，只剩下另一边的银河。在眼睛的上方，是挡住地球的镜面，一望无际，伸向十几万千米的远方。由于角度极偏，镜面反射的星空图像在他眼中变了形，成了这镜面平原上的一片银色光晕。他将推进器反向，向相反的方向飘去，使镜面降到眼睛平视线以下。在镜面通过瞳仁的瞬间，镜子再次消失，地球和银河再次同时出现。这之后，银河消失了，地球出现了，镜子移到了眼睛的下方，镜面平原上的光晕变成了蓝色的。他就这样以极慢的速度来回飘移着，使瞳仁在镜面的两侧浮动，感到自己仿佛穿行于隔开两个世界的一张薄膜间。经过反复努力，他终于使镜面较长时间地停留在瞳仁的正中，镜子消失了。他睁大双眼，想从镜面所在的位置看到一条细细的直线，但什么也没看出来。

"这东西没有厚度！"他惊叫。

"也许它只有几个原子那么厚，你看不到而已。这也是它的到来没有被地球觉察的原因，如果它以边缘对着地球飞来，就不可能被发现。"航天飞机上的人看着传回的图像评论道。

但最让他们震惊的是：这面可能只有几个原子的厚度，但面积有上百个太平洋的镜子，竟绝对平坦，以至于镜面与视线平行时完全看不到它，这是古典几何学世界中的理想平面。

绝对的平坦可以解释绝对的光洁，这是一面理想的镜子。

在宇航员们心中，孤独感开始压倒震惊和恐惧，镜子使宇宙变得陌生了。他们仿佛是一群刚出生就被抛在旷野的婴儿，无力地面对着这不可思议的世界。

这时，镜子说话了。

音乐家

"我是一名音乐家，"镜子说，"我是一名音乐家。"

这是一个悦耳的男音，在地球的整个天空响起，所有的人都能听得到。一时间，地球上熟睡的人都被惊醒，醒着的人则都如塑像般呆住了。

镜子接着说："我看到了下面在举行一场音乐会，观众是能够代表这颗星球文明的人，你们想与我对话吗？"

元首们都看着秘书长，他一时茫然不知所措。

"我有事情要告诉你们。"镜子又说。

"你能听到我们说话吗？"秘书长试探着说。

镜子立即回答："当然能。如果愿意，我可以分辨出下面的世界里每个细菌发出的声音。我感知世界的方式与你们不同，我能同时观察每个原子的旋转，我的观察还包括时间维，可以同时看到事物的历史，而不像你们，只能看到时间的一个断面，我对一切明察秋毫。"

"那我们是如何听到你的声音的呢？"美国总统问。

"我在向你们的大气发射超弦波。"

"超弦波是什么？"

"是一种从原子核中解放出来的强相互作用力，它振动着你们的大气，如同一只大手拍动着鼓膜，于是你们听到了我的声音。"

"你从哪里来？"秘书长问。

"我是一面在宇宙中流浪的镜子，我的起源地在时间和空间上都太遥远，谈它已无意义。"

"你是如何学会英语的？"秘书长问。

"我说过，我对一切明察秋毫。这里需要声明，我讲英语，是因为听到这个音乐会上的人们在交谈中大都用这种语言，这并不代表我认为下面的世界里某些种族比其他种族更优越。你们的世界没有通用语言，我只能这样。"

"我们有世界语，只是很少使用。"

"你们的世界语，与其说是为世界大同进行的努力，不如说是沙文主义的典型表现：凭什么世界语要以拉丁语系而不是这个世界的其他语系为基础？"

最后这句话在元首中引起了极大的震动，他们紧张地窃窃私语起来。

"你对地球文明的了解让我们震惊。"秘书长由衷地说。

"我对一切明察秋毫。再说，透彻地了解一粒灰尘并不困难。"

美国总统看着天空说："你是指地球吗？你确实比地球大很多，但从宇宙尺度来说，你的大小与地球是同一个数量级的，你也是一粒灰尘。"

"我连灰尘都不是，"镜子说，"很久很久以前，我曾是灰尘，但现在我只是一面镜子。"

"你是一个个体呢，还是一个群体？"中国主席问。

"这个问题无意义，文明在时空中走过足够长的路之后，个体和群体将同时消失。"

"镜子是你固有的形象呢，还是你许多形象中的一种？"英国首相问，秘书长把问题接下去："就是说，你是否故意对我们显示出这样一个形象呢？"

"这个问题也无意义，文明在时空中走过足够长的路之后，形式和内容将同时消失。"

"我们无法理解你对最后两个问题的回答。"美国总统说。

镜子没说话。

"你到太阳系来有什么目的吗？"秘书长问出了最关键的问题。

"我是一个音乐家，要在这里举行音乐会。"

"这很好！"秘书长点点头说，"人类是听众吗？"

"听众是整个宇宙，虽然最近的文明世界也要在百年后才能听到我的琴声。"

"琴声？琴在哪里？"克莱德曼在舞台上问。

这时，人们发现，占据了大部分天空的地球映像突然向东方滑去，速度很快。天空的这种变幻看上去很恐怖，给人一种天在塌下来的感觉，草坪上有几个人不由自主地捂住了脑袋。很快，地球映像的边缘已接触东方的地平线。几乎与此同时，一片强光突然出现，使所有人的眼睛一花,什么都看不清了。当他们的视力恢复后,看到太阳突然出现在刚才地球映像腾出来的天空中,灿烂的阳光瞬间洒满大地,周围的世界毫发毕现,天空在瞬间由漆黑变成明亮的蔚蓝。地球的映像仍然占据东半部天空,但上面的海洋已与蓝天融为一体,大陆像是天空中一片片褐色的云层。这突然的变化使所有的人目瞪口呆,过了好一阵儿,秘书长的一句话才使大家对这不可思议的现实多少有了一些把握。

"镜子倾斜了。"

是的,太空中的巨镜倾斜了一个角度,使太阳也进入了映像,把它的光芒反射到地球这黑夜的一侧。

"它转动的速度真快!"中国主席说。

秘书长点点头:"是的,想想它的大小,以这样的速度转动,它的边缘可能已接近光速了!"

"任何实体物质都不可能经受这样的转动所产生的应力,它只是一个力场,这已被我们的宇航员证明了。作为力场,接近光速的运动是很正常的。"美国总统说。

这时,镜子说话了:"这就是我的琴,我是一名恒星演奏家,我将弹奏太阳!"

这气势磅礴的话把所有的人镇住了,元首们呆呆地看着天空中太阳的映像,好一阵儿才有人敬畏地问怎样弹奏。

"各位一定知道，你们使用的乐器大多有一个音腔，它们是由薄壁所包围的空间区域，薄壁将声波来回反射，这样就将声波禁锢在音腔内，形成共振，发出动听的声音。对电磁波来说，恒星也是一个音腔，它虽没有有形的薄壁，但存在对电磁波的传输速度梯度，这种梯度将折射和反射电磁波，将其禁锢在恒星内部，产生电磁共振，奏出美妙的音乐。"

"那这种琴声听起来是什么样子呢？"克莱德曼向往地看着天空问。

"在九分钟前，我在太阳上试了试音，现在，琴声正以光速传来。当然，它是以电磁形式传播的，但我可以用超弦波在你们的大气中把它转换成声波，请听……"

长空中响起了几声空灵悠长的声音，很像钢琴的声音，仿佛有一种魔力，一时攫住了所有的人。

"从这声音中，您感到了什么？"秘书长问中国主席。

主席感慨地说："我感到整个宇宙变成了一座大宫殿，一座有二百亿光年高的宫殿，这声音在宫殿中缭绕不止。"

"听到这声音，您还否认上帝的存在吗？"美国总统问。

主席看了总统一眼，说："这声音来自现实世界，如果这个世界就能够产生出这样的声音，上帝就变得更无必要了。"

节 拍

"演奏马上就要开始了吗?"秘书长问。

"是的,我在等待节拍。"镜子回答。

"节拍?"

"节拍在四年前就已启动,它正以光速向这里传来。"

这时,天空发生了惊人的变化,地球和太阳的映像消失了,代之以一片明亮的银色波纹,这波纹跃动着,盖满了天空,地球仿佛沉于一个超级海洋中,天空就是从水下看到的阳光照耀下的海面。

镜子解释说:"我现在正在阻挡来自外太空的巨大辐射,我没有完全反射这些辐射,你们看到有一小部分透了过去,这辐射来自一颗四年前爆发的超新星。"

"四年前?那就是人马座了。"有人说。

"是的,人马座比邻星。"

"可是据我所知,那颗恒星完全不具备成为超新星的条件。"中国主席说。

"我使它具备了。"镜子淡淡地说。

人们这时想起了镜子说过的话,它说为这场音乐会进行了四年多的准备,那指的就是这件事了,镜子选定太阳为乐器后立刻引爆了比邻星。从镜子刚才对太阳试音的情形看，它显然具有超空间的作用能力，这种能力使它能在一个天文单位的距离之外弹振太阳，但对四光年之遥的恒星，它是否仍具有这种能力还不得而知。镜子引爆比邻星可能通过两种途径：在太阳系通过超空间作用，或者通过空间跳跃在短时间内到达比邻星附近引爆它，再次跳跃回到太阳系。不管通过哪种方式，对人类来说这都是神的力量。但不管怎样，超新星爆发的光线仍然要经过四年时间才能到达太阳系。镜子说过演奏太阳的乐声是以电磁形式传向宇宙的，那么对于这个超级文明来说，光速就相当于人类的声速，光波就是他们的声波，那他们的光是什么呢？人类永远不得而知。

"对你操纵物质世界的能力，我们深感震惊。"美国总统敬畏地说。

"恒星是宇宙荒漠的石块，是我的世界中最多最普通的东西。我使用恒星，有时把它当作一件工具，有时是一件武器，有时是一件乐器……现在我把比邻星做成了节拍器，这与你们的祖先使用石块没什么本质的区别，都是用自己世界中最普通的东西来扩大和延伸自己的能力。"

然而，草坪上的人们看不出这两者有什么共同点，他们放弃与镜子在技术上进行沟通的尝试，人类离理解这些还差得很远，就像蚂蚁离理解国际空间站差得很远一样。

天空中的光波开始暗下来，渐渐地，人们觉得照着上面这个巨大海面的不是阳光，而是月光，超新星正在熄灭。

秘书长说："如果不是镜子挡住了超新星的能量，地球现在可能已经是一个没有生命的世界了。"

这时，天空中的波纹已经完全消失了，巨大的地球映像重现，仍占据着大部分夜空。

"镜子说的节拍在哪里？"克莱德曼问，这时他已从舞台上下来，与元首们站在一起。

"看东面！"有人喊了一声，人们发现东方的天空中出现了一条笔直的分界线，横贯整个天空。分界线两侧的天空是两个不同的景象：分界线西面仍是地球的映像，但它已被这条线切去了一部分；东面则是灿烂的星空，有很多人都看出来了，这是北半球应有的星空，不是南半球星空的映像。分界线在由东向西庄严地移动，星空部分渐渐扩大，地球的映像正在由东向西被抹去。

"镜子在飞走！"秘书长喊道，人们很快知道他是对的。镜子在离开地球上空，它的边缘很快消失在西方地平线下，人们又站在了他们见过无数次的正常星空下。这以后人们再也没有见到镜子，它也许飞到它的琴——太阳附近了。

草坪上的人们带着一丝欣慰看着周围熟悉的世界，星空依旧，城市的灯火依旧，甚至草坪上嫩芽的芳香仍飘散在空气中。

节拍出现。

白昼在瞬间降临，蓝天突现，灿烂的阳光洒满大地，周围的一切都明亮凸现出来；但这白昼只持续了一秒钟就熄灭了，刚才的夜又恢复了，星空和城市的灯火再次浮现；这夜也只持续了一秒钟，白昼再次出现，一秒钟后又是夜；白昼、夜、白昼、夜、白昼、夜……以与脉搏相当的频率交替出现，仿佛世界是两张不断切换的幻灯片映出的图像。

这是白昼与黑夜构成的节拍。

人们抬头仰望，立刻看到了那颗闪动的太阳。它没有大小，只是太空中一个刺目的光点。"脉冲星。"中国主席说。

那是超新星的残骸，一颗旋转的中子星。中子星那致密的表面有一个裸露的热斑，随着星体的旋转，中子星成为一座宇宙灯塔，热斑射出的光柱旋转着扫过广漠的太空。当这光柱扫过太阳系时，地球的白昼就短暂地出现了。

秘书长说："我记得脉冲星的频率比这快得多，它好像也不发出可见光。"

美国总统用手半遮着眼睛，艰难地适应着这疯狂的节拍世界："频率快是因为中子星聚集了原恒星的角动量，镜子可以通过某种途径把这些角动量消耗掉；至于可见光嘛……你们真认为镜子还有什么做不到的事？"

"但有一点，"中国主席说，"没有理由认为宇宙中所有生物的生命节奏都与人类一样。它们的音乐节拍的频率肯定各不相同，比如镜子，它的正常节拍频率可能比我们最快的电脑主频都快……"

"是的，"总统点点头，"也没有理由认为它们的可视电磁波段都与我们的可见光相同。"

"你们是说，镜子是以人类的感觉为基准来演奏音乐的？"秘书长吃惊地问。

中国主席摇摇头说："我不知道，但肯定要有一个基准的。"

脉冲星强劲的光柱庄严地扫过冷寂的太空，像一根长达四十万亿千米，还在以光速不断延长的指挥棒。这一端，太阳在镜子无形手指的弹拨下发出浑厚的、以光速向宇宙传播的电磁乐音，太阳音乐会开始了。

太阳音乐

一阵沙沙声，像是电磁干扰，又像是无规则的海浪冲刷沙滩的声音。从这声音中，有时能听出一丝荒凉和广漠，但更多的是混沌和无序。这声音一直持续了十多分钟，毫无变化。

"我说过，我们无法理解它们的音乐。"俄罗斯总统打破沉默说。

"听！"克莱德曼用一根手指指着天空说，其他人过了好一会儿才听出了他那经过训练的耳朵听到的旋律，那是结构最简单的旋律，只由两个音符组成，好像是钟表的一声嘀嗒。这两个音符不断出现，但有很长的间隔。后来，又出现了另一个双音符小节，然后出现了第三个、第四个……这些双音符小节在混沌的背景上不断浮现，像暗夜中的一群萤火虫。

一种新的旋律出现了，它有四个音符。人们都把目光转向克莱德曼，他在仔细倾听，好像感觉到了些什么。这时，四音符小节的数量也增加了。

"这样吧，"他对元首们说，"我们每个人记住一个双音符小节。"于是大家注意听着，每人努力记住一个双音符小节，然后凝神等着它再次出现，以巩固自己的记忆。过了一会儿，克莱德曼又说："好啦，现在注意听一个四音符小节，得快些，不然乐曲越来越复杂，我们就什么也听不出来了……好，就这个，有人听出什么来了吗？"

"它的前一半是我记住的那一对音符！"巴西元首高声说。

"后一半是我记住的那一对!"加拿大元首说。

人们接着发现,每个四音符小节都是由前面两个双音符小节组成的,随着四音符小节数量的增多,双音符小节的数量却在减少,似乎前者在消耗后者。再后来,八音符小节出现了,结构与前面一样,是由已有的两个四音符小节合并而成的。

"你们都听出了什么?"秘书长问周围的元首们。

"在闪电和火山熔岩照耀下的原始海洋中,一些小分子正在聚合成大分子……当然,这只是我完全个人化的想象。"中国主席说。

"想象请不要拘泥于地球,"美国总统说,"这种分子的聚集也许是发生在一片映射着恒星光芒的星云中。也许正在聚集组合的不是分子,而是恒星内部的一些核能旋涡……"

这时,一个多音符旋律以高音凸现出来,它反复出现,仿佛是这昏暗的混沌世界中一道明亮的小电弧。"这好像是在描述一个质变。"中国主席说。

一种新乐器的声音出现了,这连续的弦音很像小提琴发出的。它用另一种柔美的方式重复着那个凸现的旋律,仿佛是后者的影子。

"这似乎在表现某种复制。"俄罗斯总统说。

连续的旋律出现了,是那种类似小提琴的乐音。它平滑地变幻着,好像是追踪着某种曲线运动的目光。英国首相对中国主席说:"如果按照您刚才的思路,现在已经有某种东西在海中游动了。"

不知不觉中,背景音乐开始变化了。这时人们几乎忘记了它的存在,它从海浪声变幻为起伏的沙沙声,仿佛暴雨击打着裸露的岩石;接着又变了,变成一种与风声类似的空旷的声音。美国总统说:"海中的游动者在进入新环境,也许是陆上,也许是空中。"

所有的乐器突然齐奏,形成了一声恐怖的巨响,好像是什么巨大的实体轰然坍塌。然后,一切戛然而止,只剩下开始那种海浪似的背景声在荒凉地响着。然后,那简单的双音节旋律又出现了,又开始了缓慢而艰难的组合,一切重新开始……

"我敢肯定,这描述了一场大灭绝,现在我们听到的是灭绝后的复苏。"

又经过漫长而艰难的过程,海中的游动者又开始进入世界的其他部分。旋律渐渐变得复杂而宏大,人们的理解也不再统一。有人想到一条大河奔流而下,有人想到广阔的平原上一支浩荡队伍在跋涉,有人想到漆黑的太空中向黑洞涡旋而下的滚滚星云……但大家都同意,这是在表现一个宏伟的进程,也许是生命的进化。这一乐章很长,不知不觉一个小时过去了,音乐的主题终于发生了变化。旋律渐渐分化成两个,这两个旋律在对抗和搏斗,时而疯狂地碰撞,时而扭缠在一起……

"典型的贝多芬风格。"克莱德曼评论说,这之前很长时间人们都沉浸在宏伟的音乐中,没有说话。

秘书长说:"好像是一支在海上与巨浪搏斗的船队。"

美国总统摇了摇头:"不,不是的。您应该能听出这两种力量没有本质的不同,我想是在表现一场蔓延到整个世界的战争。"

"我说,"一直沉默的日本首相插进来说,"你们真的认为自己能够理解外星文明的艺术?也许你们对这音乐的理解,只是牛对琴的理解。"

克莱德曼说:"我相信我们的理解基本上正确。宇宙间通用的语言,除了数学,可能就是音乐了。"

秘书长说:"要证实这一点也许并不难:我们能否预言下一乐章的主题或风格?"

经过短暂的思考,中国主席说:"我想下面可能将表现某种崇拜,旋律将具有森严的建筑美。"

"您是说像巴赫?"

"是的。"

果然如此。在接下来的乐章中,听众们仿佛走进了一座高大庄严的教堂,听着自己的脚步在这宏伟的建筑内部发出空旷的回声,对某种看不见但无所不在的力量的恐惧和敬畏压倒了他们。

再往后,已经演化得相当复杂的旋律突然又变得简单了,背景音乐第一次消失了,在无边的寂静中,一串清脆短促的打击声出现了,一声、两声、三声、四声……然后,一声、四声、九声、十六声……一条条越来越复杂的数列穿梭而过。

有人问:"这是在描述数学和抽象思维的出现吗?"

接下来,音乐变得更奇怪了,出现了由小提琴奏出的许多独立的小节,每小节由三到四个音符组成,各小节中,音符都相同,但其音程的长短出现各种组合;还出现一种连续的滑音,它渐渐升高,然后降低,最后回到起始的音高。人们凝神听了很长时间,希腊元首说:"这,好像是在描述基本的几何形状。"人们立刻找到了感觉,他们仿佛看到在纯净的空间中,一群三角形和四边形匀速地飘过。至于那种滑音,让人们看到了圆、椭圆和完美的正圆……渐渐地,旋律开始出现变化,表现直线的单一音符都变成了滑音。但根据刚才乐曲留下的印象,人们仍能感觉到那些飘浮在抽象空间中的几何形状,但这些形状都扭曲了，仿佛浮在水面上……

"时空的秘密被发现了。"有人说。

下一个乐章是以一个不变的节奏开始的，它的频率与脉冲星打出的由昼与夜构成的节拍相同，好像音乐已经停止了，只剩下节拍在空响。但很快，另一个不变的节奏也加入进来，频率比前一个稍快。之后，不同频率的不变的节奏在不断地加入，最后出现了一个气势磅礴大合奏，但在时间轴上，乐曲是恒定不变的，像一堵平坦的声音高墙。

对这一乐章，人们的理解惊人地一致："一部大机器在运行。"

后来，出现了一个纤细的新旋律，如银铃般清脆地响着，如梦幻般变幻不定，与背后那堵呆板的声音之墙形成鲜明对比，仿佛是飞翔在那部大机器里的一个银色小精灵。这个旋律仿佛是一滴小小的但强有力的催化剂，在钢铁世界中引发了奇妙的反应：那些不变的节奏开始波动变幻，大机器的粗轴和巨轮渐渐变得如橡皮泥般柔软，最后，整个合奏变得如那个精灵旋律一样轻盈而有灵气。

人们议论纷纷："大机器具有智能了！""我觉得，机器正在与它的创造者相互接近。"

太阳音乐在继续，已经进行到一个新的乐章了。这是结构最复杂的一个乐章，也是最难理解的一个乐章。它首先用类似钢琴的声音奏出一个悠远空灵的旋律，然后以越来越复杂的合奏不断地重复演绎这个主题，每次重复演绎都使得这个主题在上次的基础上变得更加宏大。

这种重复进行了几次后，中国主席说："以我的理解，是不是这样的：一个思想者站在一个海岛上，用他深邃的头脑思索着宇宙；镜头向上升，思想者在镜头的视野中渐渐变小，当镜头从空中把整个海岛都纳入视野后，思想者像一粒灰尘般消失了；镜头继续上升，海岛在渐渐变小，镜头升出了大气层，在太空中把整个行星纳入视野，海岛像一粒灰尘般消失了；太空中的镜头继续远离这颗行星，把整个行星系纳入视野，这时，只能看到行星系的恒星，它在漆黑的太空中看去只有台球般大小，孤独地发着光，而那颗有海洋的行星，也像一粒灰尘般消失了……"

美国总统聆听着音乐，接着说："……镜头以超光速远离，我们发现，在我们的尺度上空旷而广漠的宇宙，在更大的尺度上却是一团由恒星组成的灿烂的尘埃，当整个银河系进入视野后，那颗带着行星的恒星像一粒灰尘般消失了；镜头接着跳过无法想象的距离，把一个星系团纳入视野，眼前仍是一片灿烂的尘埃，但尘埃的颗粒已不再是恒星，而是恒星系了……"

秘书长接着说:"……这时银河系像一粒灰尘般消失了,但终点在哪儿呢?"

人们重新把全身心沉浸在音乐中,乐曲正在达到它的顶峰:在音乐家强有力的思想推动下,那个拍摄宇宙的镜头被推到了已知的时空之外,整个宇宙都被纳入视野,那个包含着银河系的星系团也像一粒灰尘般消失了。人们凝神等待着终极的到来,宏伟的合奏突然消失了,只有开始那种类似钢琴的声音在孤独地响着,空灵而悠远。

"又返回到海岛上的思想者了吗?"有人问。

克莱德曼倾听着,摇了摇头:"不,现在的旋律与那时完全不同。"

这时,全宇宙的合奏再次出现,不久停了下来,又让位于钢琴独奏。这两个旋律就这样交替出现,持续了很长时间。

克莱德曼凝神听着,突然恍然大悟:"钢琴是在倒着演奏合奏的旋律!"

美国总统点点头:"或者说,它是合奏的镜像。哦,宇宙的镜像,这就是镜子了。"

音乐显然已近尾声,全宇宙合奏与钢琴独奏同时进行,钢琴精确地倒奏着合奏的每一处,它的形象凸现在合奏的背景上,但两者又是那么和谐。

中国主席说:"这使我想起了一个现代建筑流派,叫'光亮派':为了避免新建筑对周围传统环境的影响,就把建筑的表面全部做成镜面,使它通过反射环境来与周围达到和谐,同时也以这种方式表现了自己。"

"是的,当文明达到了一定的程度,它可能也会通过反射宇宙来表现自己的存在。"秘书长若有所思地说。

钢琴突然由反奏变为正奏,这样,它立刻与宇宙合奏融为一体,太阳音乐结束了。

欢乐颂

镜子说:"一场完美的音乐会,谢谢欣赏它的所有人类。好,我走了。"

"请等一下!"克莱德曼高喊一声,"我们有一个最后的要求:你能否用太阳弹奏一首人类的音乐?"

"可以,哪一首呢?"

元首们互相看了看,"弹贝多芬的《命运》吧。"德国总理说。

"不,不应该是《命运》,"美国总统摇摇头说,"现在已经证明,人类不可能扼住命运的喉咙,人类的价值在于:我们明知命运不可抗拒,死亡必定是最后的胜利者,却仍能在有限的时间里专心致志地创造着美丽的生活。"

欢乐颂

"那就唱《欢乐颂》吧。"中国主席说。

镜子说:"你们唱吧,我可以通过太阳把歌声向宇宙传播出去。我保证,音色会很好的。"

这二百多人唱起了《欢乐颂》,歌声通过镜子传给了太阳,太阳再次振动起来,把歌声用强大的电磁脉冲传向太空的各个方向。

……
　　欢乐啊,美丽神奇的火花,
　　来自极乐世界的女儿。
　　天国之女啊,我们如醉如狂,
　　踏进了你神圣的殿堂。
　　被时尚无情分开的一切,
　　你的魔力又把它们重新联结。
……

五小时后,歌声将飞出太阳系;四年后,歌声将到达人马座;十万年后,歌声将传遍银河系;二十多万年后,歌声将到达最近的恒星系大麦哲伦星云;六百万年后,歌声将传遍本星系团的四十多个恒星系;一亿年之后,歌声将传遍本超星系团的五十多个星系群;一百五十亿年后,歌声将传遍目前已知的宇宙,并向继续膨胀的宇宙传出去,如果那时宇宙还膨胀的话。

> ……
> 在永恒的大自然里,
> 欢乐是强劲的发条,
> 在宏大的宇宙之钟里,
> 是欢乐,在推动着指针旋跳。
> 它催含苞的鲜花怒放,
> 它使艳阳普照穹苍。
> 甚至望远镜都看不到的地方,
> 它也在使天体转动不息。
> ……

歌唱结束后,音乐会的草坪上所有人都陷入长时间的沉默,元首们都在沉思着。

"也许,事情还没到完全失去希望的地步,我们应该尽自己的努力。"中国主席首先说。

美国总统点点头:"是的,世界需要联合国。"

"与未来所避免的灾难相比,我们各自所需做出的让步和牺牲是微不足道的。"俄罗斯总统说。

"我们所面临的,毕竟只是宇宙中一粒沙子上的事,应该好办。"英国首相仰望着星空说。

各国元首纷纷表示赞同。

"那么,各位是否同意延长本届联大呢?"秘书长满怀希望地问道。

"这当然需要我们同各自的政府进行联系,但我想问题应该不大。"美国总统微笑着说。

"各位,今天真是一个值得纪念的日子!"秘书长无法掩饰自己的喜悦,"现在,让我们继续听音乐吧!"

《欢乐颂》又响了起来。

镜子以光速飞离太阳,它知道自己再也不会回来。在那十几亿年的音乐家生涯中,它从未重复演奏过一颗恒星,就像人类的牧羊人从不重掷同一块石子。飞行中,它听着《欢乐颂》的余音,那永恒平静的镜面上出现了一圈难以觉察的涟漪。

"嗯,是首好歌。"

山
SHAN

山在那儿

"我今天一定要搞清楚你这个怪癖：你为什么从不上岸？"船长对冯帆说，"五年了，我都记不清蓝水号停泊过多少个国家的多少个港口，可你从没上过岸；回国后你也不上岸；前年船在青岛大修改造，船上乱哄哄地施工，你也没上岸，就在一间小舱里过了两个月。"

"我是不是让你想到了那部叫《海上钢琴师》的电影？"

"如果蓝水号退役了，你是不是也打算像电影的主人公那样随它沉下去？"

"我会换条船，海洋考察船总是欢迎我这种不上岸的地质工程师的。"

"这很自然地让人想到，陆地上有什么东西让你害怕？"

"相反，陆地上有东西让我向往。"

"什么？"

"山。"

他们现在站在蓝水号海洋地质考察船的左舷，看着赤道上的太平洋，一年前蓝水号第一次过赤道时，船上还娱乐性地举行了那个古老的仪式，但随着这片海底锰结核沉积区的发现，蓝水号在一年中反复穿越赤道无数次，人们也就忘记了赤道的存在。

现在，夕阳已沉到了海平线下，太平洋异常地平静，冯帆从未见过这么平静的海面，竟让他想起了那些喜马拉雅山上的湖泊，清澈得发黑，像地球的眸子。

"喜欢山？那你是山里长大的了？"船长说。

"这你错了，"冯帆说，"山里长大的人一般都不喜欢山，在他们的感觉中，山把自己与世界隔绝了。我认识一个尼泊尔夏尔巴族登山向导，他登了四十一次珠峰，但每一次都在距峰顶不远处停下，看着雇用他的登山队登顶，

125

他说只要自己愿意,无论从北坡还是南坡,都可以在十个小时内登上珠峰,但他没有兴趣。山的魅力是从两个方位感受到的:一是从平原上远远地看山,二是站在山顶上。

"我的家在河北大平原上,向西能看到太行山。家和山之间就像这海似的一马平川,没遮没挡。我生下来不久,妈妈第一次把我抱到外面,那时我脖子刚硬得能撑住小脑袋,就冲着西边的山咿咿呀呀地叫。学走路时,总是摇摇晃晃地朝山那边走。大了些后,曾在一天清晨出发,沿着石太铁路向山走,一直走到中午肚子饿了才回头,但那山看上去还是那么远。上学后还骑着自行车向着山走,那山似乎随着我向后退,丝毫没有近些的感觉。时间长了,远山对于我已成为一种象征,像我们生活中那些清晰可见但永远无法到达的东西,那是凝固在远方的梦。"

"我去过那一带,"船长摇摇头说,"那里的山很荒,上面只有乱石和野草,所以你以后注定要面临一次失望。"

"不,我和你想的不一样,我只想到山那里,爬上去,并不指望得到山里的什么东西。第一次登上山顶时,看着我长大的平原在下面伸延,真有一种重新出生的感觉。"

冯帆说到这里,发现船长并没有专注于他们的谈话,他在仰头看天,那里,已出现了稀疏的星星,"那儿,"船长用烟斗指着正上方天顶的一处说,"那儿不应该有星星。"

但那里有一颗星星,很暗淡,丝毫引不起注意。

"你肯定?"冯帆将目光从天顶转向船长,"GPS早就代替了六分仪,你肯定自己还是那么熟悉星空?"

"那当然,这是航海专业的基础知识……你接着说。"

冯帆点点头:"后来在大学里,我组织了一个登山队,登过几座7000米以上的高山,最后登的是珠峰。"

船长打量着冯帆:"我猜对了,果然是你!我一直觉得你面熟,改名了?"

"是的,我曾叫冯华北。"

"几年前你可引起不小的关注啊,媒体上说的那些都是真的?"

"基本上是吧,反正那四个大学生登山队员确实是因我而死的。"

船长划了根火柴,将灭了的烟斗重新点着:"我感觉,做登山队长和做远洋船长有一点是相同的:最难的不是学会争取,而是学会放弃。"

"可我当时要是放弃了,以后也很难再有机会。你知道登山运动是一件很花钱的事,我们是一支大学生登山队,好不容易争取到赞助……由于我们雇的登山协同和向导闹罢工,在建一号营地时耽误了时间。然后就预报有风暴，但从云图上看，风暴到这儿至少还有 20 个小时的时间，我们这时已经建好了 7900 米的二号营地，立刻登顶时间应该够了。你说我这时能放弃吗？我决定登顶。"

"那颗星星在变亮。"船长又抬头看了看。

"是啊，天黑了嘛。"

"好像不是因为天黑……说下去。"

"后面的事你应该都知道：风暴来时，我们正在海拔 8680 米到 8710 米最险的一段上，那是一道接近 90 度的峭壁，登山界管它叫第二台阶中国梯。当时峰顶已经很近了，天还很晴，只在峰顶的一侧雾化出一缕云，我清楚地记得，当时觉得珠峰像一把锋利的刀子，把天划破了，流出那缕白血……很快一切都看不见了，风暴刮起的雪雾那个密啊，密得成了黑色的，一下子把那四名队员从悬崖上吹下去了，只有我死死拉着绳索。可我的登山镐当时只是卡在冰缝里，根本不可能支撑五个人的重量，也就是出于本能吧，我割断了登山索上的钢扣，任他们掉下去……其中两个人的遗体到现在还没找到。"

"这是五个人死还是四个人死的问题。"

"是，从登山运动紧急避险的准则来说，我也没错，但就此背上了这辈子的一个十字架……你说得对，那颗星星不正常，还在变亮。"

"别管它……那你现在的这种……状况,与这次经历有关吗?"

"还用说吗?你也知道当时媒体上铺天盖地的谴责和鄙夷,说我不负责任,说我是个自私怕死的小人,为自己活命牺牲了四个同伴……我至少可以部分澄清后一项指责,于是那天我穿上那件登山服,戴上太阳镜,顺着排水管登上了学院图书馆的顶层。就在我跳下去前,导师也上来了,他在我后面说:'你这么做是不是太轻饶自己了?你这是在逃避更重的惩罚。'我问他有那种惩罚吗?他说当然有,你找一个离山最远的地方过一辈子,让自己永远看不见山,这不就行了?于是,我就没有跳下去。这当然招来了更多的耻笑,但只有我自己知道导师说得对,那对我真的是一个比死更重的惩罚。我视登山为生命,学地质也是为的这个,让我一辈子永远离开自己痴迷的高山,再加上良心的折磨,很合适。于是,我毕业后就找到了这个工作,成为蓝水号考察船的海洋地质工程师,来到海上——离山最远的地方。"

船长盯着冯帆看了好半天,不知该说什么好,终于认定最好的选择是摆脱这人,好在现在头顶上的天空中就有一个转移话题的目标:"再看看那颗星星。"

"天啊,它好像在显出形状来!"冯帆抬头看后惊叫道，那颗星已不是一个点，而是一个小小的圆形，那圆形在很快扩大，转眼间成了天空中一个醒目的发着蓝光的小球。

一阵急促的脚步声把他们的目光从空中拉回了甲板，头上戴着耳机的大副急匆匆地跑来，对船长说："收到消息，有一艘外星飞船正在向地球飞来，我们所处的赤道位置看得最清楚，看，就是那个！"

三人抬头仰望，天空中的小球仍在急剧膨胀，像吹了气似的，很快胀到满月大小。

"所有电台都中断了正常播音并且在说这事儿呢！那个东西早被观测到了，现在才证实它是什么，它不回答任何询问，但从运行轨道看它肯定是有巨大动力的，正在高速向地球扑过来！他们说那东西有月球大小呢！"

现在看，那个太空中的球体已远不止月亮大小了，它的内部现在可以装下十个月亮，占据了天空相当大的一部分，这说明它比月球距地球要近得多，大副捂着耳机接着说："……他们说它停下了，正好停在三万六千千米高的同步轨道上，成了地球的一颗同步卫星！"

"同步卫星？就是说它悬在那里不动了？"

"是的，在赤道上，正在我们上方！"

冯帆凝视着太空中的球体，它似乎是透明的，内部充盈着蓝幽幽的光,真奇怪,他竟有盯着海面看的感觉,每当海底取样器升上来之前,海呈现出来的那种深邃让他着迷,现在,那个蓝色巨球的内部就是这样深不可测,像是地球海洋在远古丢失的一部分正在回归。

"看啊,海!海怎么了?"船长首先将目光从具有催眠般魔力的巨球上挣脱出来,用早已熄灭的烟斗指着海面惊叫。

前方的海天连线开始弯曲,变成了一条向上拱起的正弦曲线。海面隆起了一个巨大的水包,这水包急剧升高,像是被来自太空的一只无形的巨手提起来。

"是飞船质量的引力!它在拉起海水!"冯帆说,他很惊奇自己这时还能进行有效的思考。飞船的质量相当于月球,而它与地球的距离仅是月球的十分之一!幸亏它静止在同步轨道上,引力拉起的海水也是静止的,否则滔天的潮汐将毁灭世界。

现在,水包已升到了顶天立地的高度,呈巨大的秃锥形,它的表面反射着空中巨球的蓝光,而落日暗红的光芒又用艳丽的血红勾勒出它的边缘。水包的顶端在寒冷的高空雾化出了一缕云雾,那云飘出不远就消失了,仿佛是傍晚的天空被划破了似的,这景象令冯帆心里一动,他想起了……

"测测它的高度！"船长喊道。

过了一分钟有人喊道："大约九千一百米！"

在这地球上有史以来最恐怖也是最壮美的奇观面前，所有人都像被咒语定住了。"这是命运啊……"冯帆梦呓般地说。

"你说什么？"船长大声问，目光仍被固定在水包上。

"我说这是命运。"

是的，是命运，为逃避山冯帆来到了太平洋，而就在这距山最远的地方，出现了一座比珠穆朗玛峰还高二百米的水山，现在，它是地球上最高的山。

"左舵五，前进四！我们还是快逃命吧！"船长对大副说。

"逃命？有危险吗？"冯帆不解地问。

"外星飞船的引力已经造成了一个巨大的低气压区，大气旋正在形成，我告诉你吧，这可能是有史以来最大的风暴，说不定能把蓝水号像树叶似的刮上天！但愿我们能在气旋形成前逃出去。"

大副示意大家安静，捂着耳机听了一会儿，说："船长，事情比你想的更糟！电台上说，外星人是来毁灭地球的，他们仅凭着飞船巨大的质量就能做到这一点！飞船的引力产生的不是普通的大风暴，而是地球大气的大泄漏！"

"泄漏?向什么地方泄漏?"

"飞船的引力会在地球的大气层上拉出一个洞,就像扎破气球一样,空气会从那个洞中逃逸到太空中去,地球大气会跑光的!"

"这需要多长时间?"船长问。

"专家们说,只需一个星期左右,全球的大气压就会降到致命的低限……他们还说,当气压降到一定程度时,海洋会沸腾起来,天啊!那是什么样子啊……现在各国的大城市都陷入混乱,人们一片疯狂,都涌进医院和工厂抢劫氧气……呵,还说,美国卡纳维拉尔角的航天发射基地都有疯狂的人群涌入,他们想抢作为火箭发射燃料的液氧……唉,一切都完了!"

"一个星期?就是说我们连回家的时间都不够了。"船长说,他这时反倒显得镇静了,摸出火柴来点烟斗。

"是啊,回家的时间都不够了……"大副茫然地说。

"要这样,我们还不如分头去做自己最想做的事。"冯帆说,他突然兴奋起来,感到热血沸腾。

"你想做什么?"船长问。

"登山。"

"登山?登……这座山?"大副指着海水高山吃惊地问。

"是的,现在它是世界最高峰了,山在那儿了,当然得有人去登。"

"怎么登？"

"登山当然是徒步的——游泳。"

"你疯了？"大副喊道，"你能游上九千米高的水坡？那坡看上去有四十五度！那和登山不一样，你必须不停地游动，一松劲就滑下来了！"

"我想试试。"

"让他去吧！"船长说，"如果我们在这个时候还不能照自己的愿望生活，那什么时候能行呢？这里离水山的山脚有多远？"

"二十千米左右吧。"

"你开一艘救生艇去吧，"船长对冯帆说，"记住多带些食品和水。"

"谢谢！"

"其实你挺幸运的。"船长拍拍冯帆的肩说。

"我也这么想，"冯帆说，"船长，还有一件事我没告诉你，在珠峰遇难的那四名大学生登山队员中，有我的恋人。当我割断登山索时，脑子里闪过的念头是这样的：我不能死，还有别的山呢。"

船长点点头："去吧。"

"那……我们怎么办呢？"大副问。

"全速冲出正在形成的风暴，多活一天算一天吧。"

冯帆站在救生艇上，目送着蓝水号远去，他原准备在其上度过一生的。

另一边，在太空中的巨球下，海水高山静静地耸立着，仿佛亿万年来它一直就在那儿。

海面仍然很平静，波澜不惊，但冯帆感觉到了风在缓缓增强，空气已经开始向海山的低气压区聚集了。救生艇上有一面小帆，冯帆升起了它，风虽然不大，但方向正对着海山，小艇平稳地向山脚驶去。随着风力的加强，帆渐渐鼓满，小艇的速度很快增加，艇艏像一把利刃划开海水，到山脚的二十千米路程只走了四十分钟左右。当感觉到救生艇的甲板在水坡上倾斜时，冯帆纵身一跃，跳入被外星飞船的光芒照得蓝幽幽的海中。

他成为第一个游着泳登山的人。

现在，已经看不到海山的山顶，冯帆在水中抬头望去，展现在他面前的，是一面一望无际的海水大坡，坡度有四十五度，仿佛是一个巨人把海洋的另一半在他面前掀起来一样。

冯帆用最省力的蛙式游着，想起了大副的话。他大概心算了一下，从这里到顶峰有十三千米左右，如果是在海平面，他的体力游出这么远是不成问题的，但现在是在爬坡，不进则退，登上顶峰几乎是不可能的，但冯帆不后悔这次努力，能攀登海水珠峰，本身已是自己登山梦想的一个超值满足了。

这时，冯帆有某种异样的感觉。他已明显地感到了海山的坡度的增加，身体越来越随着水面向上倾斜，游起来却没有感到更费力。回头一看，看到了被自己丢弃在山脚的救生艇，他离艇之前已经落下了帆，却见小艇仍然稳稳地停在水坡上，没有滑下去。他试着停止了游动，仔细观察着周围，发现自己也没有下滑，而是稳稳地浮在倾斜的水坡上！冯帆一砸脑袋，骂自己和大副都是白痴：既然水坡上呈流体状态的海水不会下滑，上面的人和船怎么会滑下去呢？

空中巨球的引力与地球引力相互抵消，使得沿坡面方向的重力逐渐减小，这种重力的渐减抵消了坡度，使得重力对水坡上的物体并不产生使其下滑的重力分量，对于重力而言，水坡或海水高山其实是不存在的，物体在坡上的受力状态，与海平面上是一样的。

现在冯帆知道，海水高山是他的了。

冯帆继续向上游，渐渐感到游动变得更轻松了，主要是头部出水换气的动作能够轻易完成，这是因为他的身体变轻的缘故。重力减小的其他迹象也开始显现出来，冯帆游泳时溅起的水花下落的速度变慢了，水坡上海浪起伏和行进的速度也在变慢。这时大海阳刚的一面消失了，呈现出了正常重力下不可能有的轻柔。

随着风力的增大，水坡上开始出现排浪。在低重力下，海浪的高度增加了许多，形状也发生了变化，变得薄如蝉翼，在缓慢的下落中自身翻卷起来，像一把无形的巨刨在海面上推出一卷卷玲珑剔透的刨花。海浪并没有增加冯帆游泳的难度，由于浪的行进方向是向着峰顶的，反而推送着他向上攀游。随着重力的进一步减小，更美妙的事情发生了：薄薄的海浪不再是推送冯帆，而是将他轻轻地抛起来。有一瞬间，他的身体完全离开了水面，旋即被前面的海浪接住，再抛出。他就这样被一只只轻柔而有力的海之手传递着，快速向峰顶进发。他发现，这时用蝶泳的姿势效率最高。

风继续增强，重力继续减小，水坡上的浪已超过了十米，但起伏的速度更慢了。由于低重力下水之间的摩擦并不剧烈，这样的巨浪居然没有发出声音，只能听到风声。身体越来越轻盈的冯帆从一个浪峰跃向另一个浪峰。他突然发现，现在自己腾空的时间已大于在水中的时间，不知道自己是在游泳还是在飞翔。有几次，薄薄的巨浪把他盖住了，他发现自己进入了一个由翻滚卷曲的水膜卷成的隧道中，在他的上方，薄薄的浪膜缓缓卷动，浸透了巨球的蓝光。透过浪膜，可以看到太空中的外星飞船，巨球在浪膜后变形抖动，像是用泪眼看去一般。

冯帆看看左腕上的防水表，他已经"攀登"了一个小时。照这样出人意料的速度，最多再有这么长时间就能登顶了。

冯帆突然想到了蓝水号，照目前风力增长的速度看，大气旋很快就要形成，蓝水号无论如何也逃不出超级风暴了。他突然意识到船长犯了一个致命的错误：应该将船径直驶向海水高山，既然水坡上的重力分量不存在，蓝水号登上顶峰如同在平海上行驶一样轻而易举，而峰顶就是风暴眼，是平静的！想到这里，冯帆急忙掏出救生衣上的步话机，但没人回答他的呼叫。

冯帆已经掌握了在浪尖飞跃的技术，他从一个浪峰跃向另一个浪峰，又"攀登"了二十分钟左右，已经走过了三分之二的路程。浑圆的峰顶看上去不远了，它在外星飞船洒下的光芒中柔和地闪亮，像是等待着他的一个新的星球。这时，呼呼的风声突然变成了恐怖的尖啸，这声音来自所有方向。风力骤然增大，二三十米高的薄浪还没来得及落下，就在半空中被飓风撕碎。冯帆举目望去，水坡上布满了被撕碎的浪峰，像一片在风中狂舞的乱发，在巨球的照耀下发出一片炫目的白光。

冯帆进行了最后的一次飞跃。他被一道近三十米高的薄浪送上半空，那道浪在他脱离的瞬间就被疾风粉碎了。他向着前方的一排巨浪缓缓下落，那排浪像透明的巨翅缓缓向上张开，似乎也在迎接他。就在冯帆的手与升上来的浪头接触的瞬间，这面晶莹的水晶巨膜在强劲的风中粉碎了，化作一片雪白的水雾。浪膜在粉碎时，发出一阵很像是大笑的怪声。与此同时，冯帆已经变得很轻的身体不再下落，而是离癫狂的海面越来越远，像一片羽毛般被狂风吹向空中。

冯帆在低重力下的气流中翻滚着。晕眩中，只感到太空中发光的巨球在围绕着他旋转。当他终于能够初步稳住自己的身体时，竟然发现自己在海水高山的顶峰上空盘旋！水山表面的排排巨浪从这个高度看去像一条条长长的曲线，这些曲线标示出旋风的形状，呈螺旋状会聚在山顶。冯帆在空中盘旋的圈子越来越小，速度越来越快，他正在被吹向气旋的中心。

当冯帆飘进风暴眼时，风力突然减小，托着他的无形的气流之手松开了，冯帆向着海水高山的峰顶坠下去，在峰顶的正中扎入了蓝幽幽的海水。

冯帆在水中下沉着，过了好一会儿才开始上浮，这时周围已经很暗了。当窒息的恐慌出现时，冯帆突然意识到了他所面临的危险：入水前的最后一口气是在海拔近万米的高空吸入的，含氧量很少，而在低重力下，他在水中的上浮速度很慢，即使自己努力游动加速，肺中的空气怕也支持不到自己浮上水面。一种熟悉的感觉向他袭来，他仿佛又回到了珠峰的风暴卷起的黑色雪尘中，死的恐惧压倒了一切。就在这时，他发现身边有几个银色的圆球正在与自己一同上浮，最大的一个直径有一米左右。冯帆突然明白这些东西是气泡！低重力下的海水中有可能产生很大的气泡。他奋力游向最大的气泡，将头伸过银色的泡壁，立刻能够顺畅地呼吸了！当缺氧的晕眩缓解后，他发现自己置身于一个球形的空间中，这是他再一次进入由水围成的空间。透过气泡圆形的顶部，可以看到变形的海面波光粼粼。在上浮中，随着水压的减小，气泡迅速增大，冯帆头顶的圆形空间开阔起来，他感觉自己是在乘着一个水晶气球升上天空。上方的蓝色波光越来越亮，最后到了刺眼的程度，随着啪的一声轻响，大气泡破裂，冯帆升上了海面。在低重力下他冲上了水面近一米高，然后又缓缓落下来。

　　冯帆首先看到的是周围无数缓缓飘落的美丽水球。水球大小不一，最大的有足球大小。这些水球映射着空中巨球的蓝光，细看内部还分着许多层，显得晶莹剔透。这都是冯帆落到水面时溅起的水，在低重力下，由于表面张力而形成球状。他伸手接住一个，水球破碎时发出一种根本不可能是水所发出的清脆的金属声。

海山的峰顶十分平静，来自各个方向的浪在这里互相抵消，只留下一片碎波。这里显然是旋风的中心，是这狂躁的世界中唯一平静的地方。这平静以另一种宏大的轰鸣声为背景，那就是旋风的呼啸声。冯帆抬头望去，发现自己和海山都处于一口巨井中，巨井的井壁是由气旋卷起的水雾构成的，这浓密的水雾在海山周围缓缓旋转着，一直延伸到高空。巨井的井口就是外星飞船，它像太空中的一盏大灯，将蓝色的光芒投到"井"内。冯帆发现那个巨球周围有一片奇怪的云，呈丝状，像一张松散的丝网。它们看上去很亮，像自己会发光似的。冯帆猜测，那可能是泄漏到太空中的大气所产生的冰晶云。它们看上去围绕在外星飞船周围，实际与之相距有三万多千米。要真是这样，地球大气层的泄漏已经开始了，这口由大旋风构成的巨井，就是那个致命的漏洞。

不管怎么样，冯帆想，我登顶成功了。

顶峰对话

周围的光线突然闪烁着暗了下来。冯帆抬头望去，看到外星飞船发出的蓝光消失了。他这时才明白那蓝光的意义：那只是一个显示屏空屏时的亮光，巨球表面就是一个显示屏。现在，巨球表面出现了一幅图像，图像是从空中俯拍的，是浮在海面上的一个人在抬头仰望，那人就是冯帆自己。半分钟左右，图像消失了，冯帆明白它的含义，外星人只是表示他们看到了自己。这时，冯帆真正感到自己是站在了世界的顶峰上。

屏幕上出现了两排单词，各国文字的都有，冯帆只认出了英文的"ENGLISH"、中文的"汉语"和日文的"日本語"，其他的，也显然是用地球上各种文字所标明的相应语种。有一个深色框在各个单词间快速移动，冯帆觉得这景象很熟悉。他的猜测很快得到了证实，他发现深色框的移动竟然是受自己的目光控制的！他将目光固定到"汉语"上，深色框就停在那里，他眨了一下眼，没有任何反应；应该双击，他想着，连眨了两下眼，深色框闪了一下，巨球上的语言选择菜单消失了，出现了一行很大的中文：

你好！

"你好！"冯帆向天空大喊，"你能听到我吗？"

能听到，你用不着那么大声，我们连地球上的一只蚊子的声音都能听到。我们从你们行星外泄的电波中学会了这些语言，想同你随便聊聊。

"你们从哪里来？"

巨球的表面出现了一幅静止的图像,由密密麻麻的黑点构成,复杂的细线把这些黑点连接起来,构成一张令人目眩的大网,这分明是一幅星图。果然,其中的一个黑点发出了银光,越来越亮。冯帆什么也没看懂,但他相信这幅图像肯定已被记录下来,地球上的天文学家们应该能看懂的。巨球上又出现了文字,星图并没有消失,而是成为文字的背景,或说桌面。

我们造了一座山,你就登上来了。

"我喜欢登山。"冯帆说。

这不是喜欢不喜欢的问题,我们必须登山。

"为什么?你们的世界有很多山吗?"冯帆问,他知道这显然不是人类目前迫切要谈的话题,但他想谈,既然周围人都认为登山者是傻瓜,他只好与声称必须登山的外星人交流了,他为自己争取到了这一切。

山无处不在,只是登法不同。

冯帆不知道这句话是哲学比喻还是现实描述,他只能傻傻地回答:"那么你们那里还是有很多山了。"

对于我们来说,周围都是山,山把我们封闭了,我们要挖洞才能登山。

这话令冯帆迷惑,他想了半天也没想出是怎么回事。

泡世界

外星人继续说：我们的世界十分简单，是一个球形空间，按照你们的长度单位计量，半径约为三千千米。这个空间被岩层所围绕，向任何一个方向走，都会遇到一堵致密的岩壁。

我们的第一宇宙模型自然而然地建立起来了：宇宙由两部分构成，其一就是我们生存的半径为三千千米的球形空间，其二就是围绕着这个空间的岩层，这岩层向各个方向无限延伸。所以，我们的世界就是这固体宇宙中的一个空泡，我们称它为"泡世界"。这个宇宙理论被称为"密实宇宙论"。当然，这个理论不排除这样的可能：在无限的岩层中还有其他的空泡，离我们或近或远，这就成了以后探索的动力。

"可是，无限厚的岩层是不可能存在的，会在引力下塌缩的。"

我们那时不知道万有引力这回事，泡世界中没有重力，我们生活在失重状态中。真正意识到引力的存在是几万年以后的事了。

"那这些空泡就相当于固体宇宙中的星球了？真有趣，你们的宇宙在密度分布上与真实的正好相反，像是真实宇宙的底片啊。"

真实的宇宙？这话很浅薄，只能说是现在已知的宇宙。你们并不知道真实的宇宙是什么样子，我们也不知道。

"那里有阳光、空气和水吗？"

都没有，我们也都不需要。我们的世界中只有固体，没有气体和液体。

"没有气体和液体，怎么会有生命呢？"

我们是机械生命，肌肉和骨骼由金属构成，大脑是超高集成度的芯片，电流和磁场就是我们的血液，我们以地核中的放射性岩块为食物，靠它提供的能量生存。没有谁制造我们，这一切都是自然进化而来，由最简单的单细胞机械，由放射性作用下的岩石上偶然形成的 PN 结进化而来。我们的原始祖先首先发现和使用的是电磁能，至于你们所谓的火，从来就没有发现过。

"那里一定很黑吧。"

亮光倒是有一些，是放射性在地核的内壁上产生的，那内壁就是我们的天空了。光很弱，在岩壁上游移不定，但我们也由此进化出了眼睛。地核中是失重的，我们的城市就悬浮在那昏暗的空间中，它们的大小与你们的城市差不多，远看去，像一团团发光的云。机械生命的进化时间比你们碳基生命要长得多，但我们殊途同归，都走到了对宇宙进行思考的那一天。

"不过，这个宇宙可真够憋屈的。"

憋……这是个新词汇。所以，我们对广阔空间的向往比你们要强烈，早在泡世界的上古时代，向岩层深处的探险就开始了，探险者们在岩层中挖隧道前进，试图发现固体宇宙中的其他空泡。关于这些想象中的空泡，有着很多奇丽的神话，对远方其他空泡的幻想构成了泡世界文学的主体。但这种探索最初是被禁止的，违者将被短路处死。

"是被教会禁止的吗？"

不，没什么教会，一个看不到太阳和星空的文明是产生不了宗教的。元老院禁止隧洞探险是出于很现实的理由：我们没有你们近乎无限的空间，我们的生存空间半径只有三千千米。隧洞挖出的碎岩会在地核中堆积起来，由于相信有无限厚的岩层，那么，隧洞就可能挖得很长，最终挖出的碎岩会把地核空间填满的！换句话说，是把地核的球形空间转换成长长的隧洞空间了。

"好像有一个解决办法：把挖出的碎岩就放到后面已经挖好的隧洞中，只留下供探险者们容身的空间就行了。"

后来的探险确实就是这么进行的，探险者们容身的空间其实就是一个移动的小空泡，我们把它叫作泡船。但即使这样，仍然有相当于泡船空间的一堆碎石进入地核空间，只有等待泡船返回时这堆碎石才能重新填回岩壁，如果泡船有去无回，那么这小堆碎石占据的地核空间就无法恢复了，就相当于这一小块空间被泡船偷走了，所以探险者们又被称为"空间窃贼"。对于那个狭小的世界，这么一点点空间也是宝贵的，天长日久，随着一艘艘泡船的离去，被占据的空间也很巨大。所以，泡船探险在远古时代也是被禁止的。同时，泡船探险是一项十分艰险的活动，一般的泡船中都有若干名挖掘手和一名领航员，那时还没有掘进机，只能靠挖掘手（相当于你们船上的桨手）使用简单的工具不停挖掘，泡船才能在岩层中以极其缓慢的速度前进。在一个刚能容身的小小空洞里机器般劳作，在幽闭中追寻着渺茫的希望，无疑需要巨大的精神力量。由于泡船的返回一般是沿着已经挖松的来路，所以相对容易些，但赌徒般的发现欲望往往驱使探险者越过安全的折返点，继续向前，这时返回的体力和给养都不够了，泡船就会搁浅在返途中，成为探险者的坟墓。尽管如此，泡世界向外界的探险虽然规模很小，但从未停止过。

哈勃红移

在泡纪元 33281 年的一天（这是按地球纪年法，泡世界的纪年十分古怪，你理解不了），泡世界的岩层天空上

147

突然出现了一个小小的洞,从洞中飞出的一堆碎岩在空中飘浮着,在放射性产生的微光中像一群闪烁的星星。中心城市的一队士兵立刻向小破洞飞去(记住泡世界是没有重力的)发现这是一艘返回的探险泡船,它在八年前就出发了,谁也没有想到竟能回来。这艘泡船叫"针尖号",它在岩层中前进了二百千米,创造了返回泡船航行距离的记录。"针尖号"出发时有二十名船员,但返回时只剩随船科学家一人了,我们就叫他哥白尼吧。船上其余的人,包括船长,都被哥白尼当食物吃掉了,事实上,这种把船员当给养的方式,是地层探险早期效率最高的航行方式。

按照严禁泡船探险的法律,以及哥白尼吃人的行为,他将在世界首都被处死。这天,几十万人聚集在行刑的中心广场上,等着观赏哥白尼被短路时美妙的电火花。但就在这时,世界科学院的一群科学家飘过来,公布了他们的一个重大发现:"针尖号"带回了沿途各段的岩石标本,科学家们发现,地层岩石的密度,竟是随着航行距离的增加而减小的!

"你们的世界没有重力,怎么测定密度呢?"

通过惯性,比你们要复杂一些。科学家们最初认为,这只是由于"针尖号"偶然进入了一个不均匀的地层区域。但在以后的一个世纪中,在不同方向上,有多艘泡船以超过"针尖号"的航行距离深入地层并返回，带回了岩石标本。人们震惊地发现，所有方向上的地层密度都是沿向外的方向递减的，而且减幅基本一致！这个发现，动摇了统治泡世界两万多年的密实宇宙论。如果宇宙密度以泡世界为核心呈这样的递减分布，那总有密度减到零的距离，科学家们依照已测得的递减率，很容易计算出，这个距离是三万千米左右。

"嘿，这很像我们的哈勃红移啊！"

是很像，你们想象不出红移速度能够大于光速，所以把那个距离定为宇宙边缘；而我们的先祖却很容易知道密度为零的状态就是空间，于是新的宇宙模型诞生了，在这个模型中，沿泡世界向外，宇宙的密度逐渐减小，直至淡化为空间，这空间延续至无限。这个理论被称为太空宇宙论。

密实宇宙论是很顽固的，它的占优势地位的拥护者推出了一个打了补丁的密实宇宙论，认为密度的递减只是由于泡世界周围包裹着一层较疏松的球层，穿过这个球层，密度的递减就会停止。他们甚至计算出了这个疏松球层的厚度是三百千米。其实对这个理论进行证实或证伪并不难，只要有一艘泡船穿过三百千米的岩层就行了。事实上，这个航行距离很快达到了，但地层密度的递减趋势仍在继续。于是，密实宇宙论的拥护者又说前面的计算有误,疏松球层的厚度应是五百千米,十年后,这个距离也被突破了,密度的递减仍在继续,而且单位距离的递减率有增加的趋势。密实派们接着把疏松球层的厚度增加到一千五百千米……

后来,一个划时代的伟大发现将密实宇宙论永远送进了坟墓。

万有引力

那艘深入岩层三百千米的泡船叫"圆刀号",它是有史以来最大的探险泡船,配备有大功率挖掘机和完善的生存保障系统,因而它向地层深处航行的距离创造了纪录。

在到达三百千米深度(或说高度)时,船上的首席科学家(我们叫他"牛顿"吧)向船长反映了一件不可思议的事:当船员们悬浮在泡船中央睡觉时,醒来后总是躺在靠向泡世界方向的洞壁上。

船长不以为然地说:思乡梦游症而已。他们想回家,所以睡梦中总是向着家的方向移动。

但泡船中与泡世界一样是没有空气的,如果移动身体有两种方式:一种是蹬踏船壁,这在悬空睡觉时是不可能的;另一种方式是喷出自己体内的排泄物作为驱动,但牛顿没有发现这类迹象。

船长仍对牛顿的话不以为然,但这个疏忽使他自己差点被活埋了。这天,向前的挖掘告一段落,由于船员十分疲劳,挖出的一堆碎岩没有立刻运到船底,大家就休息了,想等睡醒后再运。船长也与大家一样在船的正中央悬空睡觉,醒来后发现自己与其他船员一起被埋在碎岩中!原来,在他们睡觉时,船首的碎岩与他们一起移到了靠向泡世界方向的船底!牛顿很快发现,船舱中的所有物体都有向泡世界方向移动的趋势,只是它们移动得太慢,平时觉察不出来而已。

　　"于是,牛顿没有借助苹果就发现了万有引力!"

　　哪有那么容易?但在我们的科学史上,万有引力理论的诞生比你们要艰难得多,这是由我们所处的环境决定的。当牛顿发现船中的物体定向移动现象时,想当然地认为引力来自泡世界那半径三千千米的空间。于是,早期的引力理论出现了让人哭笑不得的谬误:认为产生引力的不是质量而是空间。

　　"能想象,在那样复杂的物理环境中,你们牛顿的思维任务比我们的牛顿可要复杂多了。"

　　是的,直到半个世纪后,科学家们才拨开迷雾,真正认清了引力的本质,并用与你们相似的仪器测定了万有引力常数。引力理论获得承认也经历了一个漫长的过程。但一旦意识到引力的存在，密实宇宙论就完了，引力是不允许无限固体宇宙存在的。

太空宇宙论得到最终承认后，它所描述的宇宙对泡世界产生了巨大的诱惑力。在泡世界，守恒的物理量除了能量和质量，还有一个：空间。泡世界的空间半径只有三千千米，在岩层中挖洞增大不了空间，只是改变空间的位置和形状而已。同时，由于失重，地核文明是悬浮在空间中，而不是附着在洞壁（相当于你们的土地）上，所以在泡世界，空间是最宝贵的东西，整个泡世界文明史，就是一部血腥的空间争夺史。而现在惊闻空间可能是无限的，怎能不令人激动！于是，出现了前所未有的探险浪潮，数量众多的泡船穿过地层向外挺进，企图穿过太空宇宙论预言的三万两千千米的岩层，到达密度为零的天堂。

地核世界

说到这里，如果你足够聪明，应该能够推测出泡世界的真相了。

"你们的世界，是不是位于一个星球的地心？"

正确，我们的行星大小与地球差不多，半径约八千千米。但这颗行星的地核是空的，空核的半径约为三千千米，我们就是地核中的生物。

不过，发现万有引力后，我们还要过许多个世纪才能最后明白自己世界的真相。

地层战争

太空宇宙论建立后，追寻外部无限空间的第一个代价却是消耗了泡世界的有限空间。众多的泡船把大量的碎岩排入地核空间，这些碎岩悬浮在城市周围，密密麻麻，无边无际，以至于使原来可以自由漂移的城市动弹不得，因为城市一旦移动，就将遭遇毁灭性的密集石雨。这些被碎岩占掉的空间，至少有一半永远无法恢复。

这时的元老院已由世界政府代替，作为地核空间的管理者和保卫者，政府严厉地镇压了疯狂的泡船探险。但最初这种镇压效率并不高，因为当得知探险行为发生时，泡船早已深入地层了。所以政府很快意识到，制止泡船的最好工具就是泡船。于是，政府开始建立庞大的泡船舰队，深入岩层拦截探险泡船，追回被它们盗走的空间。这种拦截行动自然遭到了探险泡船的抵抗，于是，地层中爆发了一场旷日持久的战争。

"这种战争真的很有意思！"

也很残酷。首先，地层战争的节奏十分缓慢，因为以那个时代的掘进技术，泡船在地层中的航行速度一般只有每小时三千米左右。地层战争推崇巨舰主义，因为泡船越大，续航能力越强，攻击力也更强大。但不管多大的地层战舰，其横截面都应尽可能小，这样可以将挖掘截面减到最小，以提高航行速度。所以，所有泡船的横截面都是一样的，大小只在于其长短。大型战舰的形状就是一条长长的隧道。由于地层战场是三维的，所以其作战方式类似于你们的空战，但要复杂得多。当战舰接触敌舰发起攻击时，首先要快速扩大舰艏截面，以增大攻击面积，这时的攻击舰就变成了一根钉子的形状。必要时，泡舰的舰艏还可以形成多个分支，像一只张开的利爪那样，从多个方向攻击敌舰。地层作战的复杂性还表现在：每一艘战舰都可以随意分解成许多小舰，多艘战舰又可以快速组合成一艘巨舰。所以当两支敌对舰队相遇时，是分解还是组合，是一门很深的战术学问。

地层战争对于未来的探险并非只有负面作用，事实上，在战争的刺激下，泡世界发生了技术革命。除了高效率的掘进机器，还发明了地震波仪，它既可用于地层中的通信，又可用作雷达探测，强力的震波还可作为武器。最精致的震波通信设备甚至可以传送图像。

地层中曾出现过的最大战舰是"线世界号"，它是泡世界政府建造的。当处于常规航行截面时，"线世界号"

的长度达 150 千米，正如舰名所示，相当于一个长长的小世界了。身处其中，有置身于你们的英伦海底隧道的感觉，每隔几分钟，隧道中就有一列高速列车驶过，这是向舰尾运送掘进碎石的专列。"线世界号"当然可以分解成一支庞大的舰队，但它大部分时间还是以整体航行的。"线世界号"并非总是呈直线形状，在进行机动航行时，它那长长的舰体隧道可能形成一团自相贯通或交叉的、十分复杂的曲线。"线世界号"拥有最先进的掘进机，巡航速度是普通泡舰的两倍，达到每小时六千米，作战速度可以超过每小时十千米！它还拥有超高功率的震波雷达，能够准确定位五百千米外的泡船；它的震波武器可以在一千米的距离上粉碎目标泡船内的一切。这艘超级巨舰在广阔的地层中纵横驰骋，所向披靡，消灭了大量的探险泡船，并且每隔一段时间将吞并的探险泡船空间送还泡世界。

在"线世界号"毁灭性的打击下，泡世界向外部的探险一度濒于停滞。在地层战争中，探险者们始终处于劣势，他们不能建造或组合长于十千米的战舰，因为在地层中这样的目标极易被"线世界号"或泡世界基地中的雷达探测定位，进而被迅速消灭。但要使探险事业继续下去，就必须消灭"线世界号"。经过长时间的筹划，探险联盟集结了一百多艘地层战舰围歼"线世界号"，这些战舰中最长的也只有五千米。战斗在泡世界以外的一千五百千米处展开，史称"一千五百千米战役"。

探险联盟首先调集二十艘战舰，在一千五百千米处组合成一艘长达三十千米的巨舰，引诱"线世界号"前往攻击。当"线世界号"接近诱饵，呈一条直线高速冲向目标时，探险联盟埋伏在周围的上百艘战舰沿着与"线世界号"垂直的方向同时出击，将这艘一百五十千米长的巨舰截为五十段。"线世界号"被截断后分裂出来的五十艘战舰仍具有很强的战斗力，双方的二百多艘战舰缠在一起，在地层中展开了惨烈的大混战。战舰空间在不断地组合分化，渐渐已分不清彼此。在战役的最后阶段，半径为二百千米的战场已成了蜂窝状，就在这个处于星球地下三千五百千米深处的错综复杂的三维迷宫中，到处都是短兵相接的激战场面。在这个位置，星球的重力已经很明显，而与政府军相比，探险者对重力环境更为熟悉。在迷宫内宏大的巷战中，这微弱的优势渐渐起了决定性的作用，探险联盟取得了最后胜利。

海

战役结束后，探险者联盟将战场的所有空间合为一体，形成了一个半径为五十千米的球形空间。就在这个空间中，探险联盟宣布脱离泡世界独立。独立后的探险联盟与泡世界的探险运动遥相呼应，不断地有探险泡船从地核来到联盟，他们带来的空间使联盟领土的体积不断增大，使得探险者们在一千五百千米的高度获得了一个前进基地。被漫长的战争拖得筋疲力尽的世界政府再也无力阻止这一切，只得承认探险运动的合法性。

随着高度的增加，地层的密度也逐渐降低，使得掘进变得容易了；另外，重力的增加也使碎岩的处理更加方便。以后的探险变得顺利了许多。在战后第八年，就有一艘名叫"螺旋号"的探险泡船走完了剩下的三千五百千米航程，到达了距泡世界边缘，也就是距星球中心八千千米、距泡世界边缘五千千米的高度。

"哇，那就是到达星球的表面了！你们看到了大平原和真正的山脉，这太激动人心了！"

没什么可激动的，"螺旋号"到达的是海底。

"……"

当时，震波通信仪的图像摇了几下就消失了，通信完全中断。在更低高度的其他泡船监听到了一个声音，转换成你们的空气声音就是"剥"的一声，这是高压海水在瞬间涌入"螺旋号"空间时发出的。泡世界的机械生命和船上的仪器设备是绝对不能与水接触的，短路产生的强大电流迅速汽化了渗入人体和机器内部的海水,"螺旋号"的乘员和设备在海水涌入的瞬间都像炸弹一样爆裂了。

接着,联盟又向不同的方向发出了十多艘探险泡船,但都在同样的高度遇到了同样的事情。除了那神秘的"剥"的一声,再没有传回更多的信息。有两次,在监视屏幕上看到了怪异的晶状波动,但不知道那是什么。跟随的泡船向上方发出的雷达震波也传回了完全不可理解的回波,那回波的性质既不是空间也不是岩层。

一时间,太空宇宙论动摇了,学术界又开始谈论新的宇宙模型,新的理论将宇宙半径确定为八千千米,认为那些消失的探险船接触了宇宙的边缘,没入了虚无。

探险运动面临着严峻的考验。以往无法返回的探险泡船所占用的空间,从理论上说还是有希望回收的,但现在,泡船一旦接触宇宙边缘,其空间可能永远损失了。到这一步,连最坚定的探险者都动摇了,因为在这个地层中的世界,空间是不可再生的。联盟决定,再派出最后五艘探险泡船,在接近五千米高度时以极慢速度上升。如果发生同样的不测,就暂停探险活动。

又损失了两艘泡船后,第三艘"岩脑号"取得了突破性的进展。在五千米高度上,"岩脑号"以极慢的速度小心翼翼地向上掘进,接近海底时,海水并没有像以前那样压塌船顶的岩层瞬间涌入,而是通过岩层上的一道窄裂缝呈一条高压射流喷射进来。"岩脑号"在航行截面上长二百五十米,在高地层探险船中算是体积较大的,喷射进来的海水用了近一小时才充满船的空间。在触水爆裂前,船上的震波仪记录了海水的形态,并将数据和图像完整地发回联盟。就这样,地核人第一次见到了液体。

泡世界的远古时代可能存在过液体,那是炽热的岩浆,后来星球的地质情况稳定了,岩浆凝固,地核中就只有固体了。有科学家曾从理论上预言过液体的存在,但没人相信宇宙中真有那种神话般的物质。现在,从传回的图像中,人们亲眼看到了液体。他们震惊地看着那道白色的射流,看着水面在船内空间缓缓上升,看着这种似乎违反所有物理法则的魔鬼物质适应着它的附着物的任何形状,渗入每一道最细微的缝隙。岩石表面接触它后似乎改变了性质,颜色变深了,反光性增强了。最让他们感兴趣的是,大部分物体都会沉入这种物质中,但有部分爆裂的人体和机器碎片却能浮在其液面上!而这些碎片的性质与那些沉下去的没有任何区别。地核人给这种液体物质起了一个名字,叫"无形岩"。

以后的探索就比较顺利了。探险联盟的工程师们设计了一种叫引管的东西,这是一根长达二百米的空心钻杆，当钻透岩层后，钻头可以像盖子那样打开，将海水引入管内，管子的底部有一个阀门。携带引管和钻机的泡船上升至五千米高度后，引管很顺利地钻透岩层，伸入海底。钻探毕竟是地核人最熟悉的技术，但另一项技术他们却一无所知，那就是密封。由于泡世界中没有液体和气体，所以也没有密封技术。引管底部的阀门很不严实，还没有打开，海水就已经漏了出来。事后证明这是一种幸运，因为如果将阀门完全打开，冲入的高压海水的动能将远大于上次从细小的裂缝中渗入的，那道高压射流会像一道激光那样切断所遇到的一切。现在从关闭的阀门渗入的水流却是可以控制的。你可以想象，泡船中的探险者们看着那一道道细细的海水在他们眼前喷出，是何等的震撼啊！

他们这时对于液体，就像你们的原始人对于电流那样无知。在用一个金属容器小心翼翼地接满一桶水后，泡船下降，将那根引管埋在岩层中。在下降的过程中，探险者们万分谨慎地守护着那桶作为研究标本的海水，很快又有了一个新的发现：无形岩居然是透明的！上次裂缝中渗入的海水由于混入了沙土，使他们没有发现这点。随着泡船下降深度的增加，温度也在增加，探险者们恐怖地看到，无形岩竟是一种生命体！它在活过来，表面愤怒地翻滚着，呈现由无数涌泡构成的可怕形态。但这怪物在展现生命力的同时也在消耗着自己，化作一种幽灵般的白色影子消失在空中。当桶中的无形岩都化作白色魔影消失后，船舱中的探险者们相继感到了身体的异常。短路的电火花在他们体内闪烁，最后他们都变成了一团团焰火，痛苦地死去。联盟基地中的人们通过监视器传回的震波图像看到了这可怕的情景，但监视器也很快短路停机了。前去接应的泡船也遭遇了同样的命运，在与下降的泡船对接后，接应泡船中的乘员也同样短路而死，仿佛无形岩化作了一种充满所有空间的死神。但科学家们也发现，这一次的短路没有上一次那么剧烈，他们得出结论：随着空间体积的增加，无形死神的密度也在降低。接下来，在付出了更多的生命代价后，地核人终于又发现了一种他们从未接触过的物质形态：气体。

星　空

这一系列的重大发现终于打动了泡世界的政府，使其与昔日的敌人联合起来，也投身于探险事业之中。一时间，对探险的投入急剧增加，最后的突破就在眼前。

虽然对水蒸气的性质有了越来越多的了解，但缺乏密封技术的地核科学家一时还无法避免它对地核人生命和仪器设备的伤害。不过，他们已经知道，在四千五百米以上的高度，无形岩是死的，不会沸腾。于是，地核政府和探险联盟一起在四千八百米高度上建造了一所实验室，装配了更长、性能更好的引管，专门进行无形岩的研究。

"直到这时，你们才开始做阿基米德的工作。"

是的，可你不要忘记，我们在原始时代，就做了法拉第的工作。

在无形岩实验室中，科学家们相继发现了水压和浮力定律，同时与液体有关的密封技术也得以发展和完善。人们终于发现，在无形岩中航行，其实是一件十分简单的事，比在地层中航行要容易得多。只要船体的密封和耐压性达到要求，不需任何挖掘，船就可以在无形岩中以令人难以想象的速度上升。

"这就是泡世界的火箭了。"

应该称作"水箭"。水箭是一个蛋形耐高压金属容器，没有任何动力设施，内部仅可乘坐一名探险者，我们就叫他泡世界的加加林吧。水箭的发射平台位于五千米高度，是在地层中挖出的一个宽敞的大厅。在发射前一小时，加加林进入水箭，关上了密封舱门。确定所有仪器和生命保障系统正常后，自动掘进机破坏了大厅顶部厚度不到十米的薄岩层，随着轰隆一声，岩层在上方无形岩的巨大压力下坍塌了，水箭浸没于深海的无形岩之中。周围的尘埃落定后，加加林透过由金刚石制造的透明舷窗，惊奇地发现，发射平台上的两盏探照灯在无形岩中打出了两道光柱，由于泡世界中没有空气，光线不会散射，这时地核人第一次看到了光的形状。震波仪传来了发射命令，加加林扳动手柄，松开了将水箭锚固在底部岩层上的铰链，水箭缓缓升离了海底，在无形岩中急剧加速，向上浮去。

科学家们按照海底压力，很容易计算出了上方无形岩的厚度，约一万米。如无意外，上浮的水箭能够在十五分钟内走完这段航程，但以后会遇到什么，谁都不知道。

水箭在一片寂静中上升着，透过舷窗看出去，只有深不见底的黑暗。偶尔有几粒悬浮在无形岩中的尘埃在舷窗透出的光亮中飞速掠过，标示着水箭上升的速度。

加加林很快感到一阵恐慌，他是生活在固体世界中的生命，现在第一次进入了无形岩的空间，一种无依无靠的虚无感攫住了他的全部身心。十五分钟的航程是那么漫长，仿佛浓缩了地核文明十万年的探索历程，永无止境……就在加加林的精神即将崩溃之际，水箭浮上了这颗行星的海面。

上浮惯性使水箭冲上了距海面十几米的空中，在下落的过程中，加加林从舷窗中看到了下方无形岩一望无际的广阔表面，这巨大的平面上波光粼粼，加加林并没有时间去想这表面反射的光来自哪里。水箭重重地落在海面上，飞溅的无形岩白花花一片洒落在周围，水箭像船一样平稳地浮在海面上，随波浪轻轻起伏着。

加加林小心翼翼地打开舱门，慢慢探出身去，立刻感到了海风的吹拂。过了好一阵儿，他才悟出这是气体。恐惧使他战栗了一下。他曾在实验室的金刚石管道中看到过水汽的流动，但宇宙中竟然有如此巨量的气体存在，是任何人都始料未及的。加加林很快发现，这种气体与无形岩沸腾后转化的那种不同，不会导致机体的短路。他在以后的回忆录中有过一段这样的描述：

> 我感到这是一只无形的巨手温柔的抚摸，这巨手来自一个我们不知道的无限巨大的存在，在这个存在面前，我变成了另一个全新的我。

加加林抬头望去，这时，地核文明十万年的探索得到了最后的报偿。

他看到了灿烂的星空。

山无处不在

"真是不容易,你们经历了那么长时间的探索,才站到我们的起点上。"冯帆赞叹道。

所以,你们是一个很幸运的文明。

这时,逃逸到太空中的大气形成的冰晶云面积扩大了很多,天空一片晶亮,外星飞船的光芒在冰晶云中散射出一圈绚丽的彩虹。下面,大气旋形成的巨井仍在轰隆隆地旋转着,像是一台超级机器在一点点碾碎着这颗星球。而周围的山顶却更加平静,连碎波都没有了。海面如镜,又让冯帆想起了藏北的高山湖泊……冯帆强迫自己,使思想回到了现实。

"你们到这里来干什么?"他问。

我们只是路过,看到这里有智慧文明,就想找人聊聊,谁先登上这座山顶我们就和谁聊。

"山在那儿,总会有人去登的。"

是,登山是智慧生物的一个本性,他们都想站得更高些、看得更远些,这并不是生存的需要。比如你,如果为了生存就会远远逃离这山,可你却登上来了。进化赋予智慧文明登高的欲望是有更深的原因的,这原因是什么我们还不知道。山无处不在,我们都还在山脚下。

"我在山顶上。"冯帆说，他不容别人挑战自己登上世界最高峰的荣誉，即使是外星人也不行。

你在山脚下，我们都在山脚下。光速是一个山脚，空间的三维是一个山脚，被禁锢在光速和三维这狭窄的时空深谷中，你不觉得……憋屈吗？

"生来就这样，习惯了。"

那么，我下面要说的事你会很不习惯的。看看这个宇宙，你感觉到什么？

"广阔啊，无限啊，这类的。"

你不觉得憋屈吗？

"怎么会呢？宇宙在我眼里是无限的，在科学家们眼里，好像也有200亿光年呢。"

那我告诉你，这是一个200亿光年半径的泡世界。

"……"

我们的宇宙是一个空泡，一块更大固体中的空泡。

"怎么可能呢？这块大固体不会因引力而坍缩吗？"

至少目前还没有，我们这个气泡还在超固体块中膨胀着。引力引起坍缩是对有限的固体块而言的，如果包裹我们宇宙的这个固体块是无限的，就不存在坍缩问题。当然，这只是一种猜测，谁也不知道那个超固体宇宙是不是有限的。有许多种猜测，比如认为引力在更大的尺度上被另一种力抵消，就像电磁力在微观尺度上被核力抵消一样，我们意识不到这种力，就像处于泡世界中意识不到万有引力一样。从我们收集到的资料上看，对于宇宙的气泡形状，你们的科学家也有所猜测，只是你不知道罢了。

"那块大固体是什么样子的？也是……岩层吗？"

不知道，五万年后我们到达目的地后才能知道。

"你们要去哪里？"

宇宙边缘，我们是一艘泡船，叫"针尖号"，记得这名字吗？

"记得，它是泡世界中首先发现地层密度递减规律的泡船。"

对，不知我们能发现什么。

"超固体宇宙中还有其他的空泡吗？"

你已经想得很远了。

"这让人不能不想。"

想想一块巨岩中的几个小泡泡，就是有，找到它们也很难，但我们这就去找。

"你们真的很伟大。"

好了，聊得很愉快，但我们还要赶路。五万年太久，只争朝夕。认识你很高兴，记住，山无处不在。

由于冰晶云的遮拦，最后这行字已经很模糊。接着，

梦之海

太空中的巨型屏幕渐渐暗下来，巨球本身也在变小，很快缩成一点，重新变成星海中一颗不起眼的星星，这变化比它出现时要快许多。这颗星星在夜空中疾驶而去，转眼消失在西方天际。

海天之间黑了下来，冰晶云和风暴巨井都看不见了，天空中只有一片黑暗的混沌。冯帆听到周围风暴的轰鸣声在迅速减小，很快变成了低声的呜咽，然后完全消失了，只能听到海浪的声音。

冯帆有了下坠的感觉，他看到周围的海面正在缓缓地改变着形状，海山浑圆的山顶在变平，像一把正在撑开的巨伞一样。他知道，海水高山正在消失，他正在由九千米高空向海平面坠落。在他的感觉中，只有两三分钟，他漂浮的海面就停止了下降。他知道这点，是由于自己身体下降的惯性使他没入了已停降的海面之下，好在这次沉得并不深，他很快游了上来。

周围已是正常的海面，海水高山消失得无影无踪，仿佛从来就没有存在过一样。风暴也完全停止了。风暴强度虽大，但持续时间很短，只是刮起了表层浪，所以海面也很快平静下来。

天空中的冰晶云已经散去很多，灿烂的星空再次出现。

冯帆仰望着星空，想象着那个遥远的世界。真的太远了，连光都会走得疲惫。那又是很早以前，在那个海面上，泡世界的加加林也像他现在这样仰望着星空。穿越广漠的时空荒漠，他们的灵魂相通了。

冯帆一阵恶心，吐出了些什么，凭嘴里的味道，他知道是血，他在九千米高的海山顶峰得了高山病，肺水肿出血了，这很危险。在突然增加的重力下，他虚弱得动弹不得，只是靠救生衣把自己托在水面上。不知道蓝水号现在的命运，但基本上可以肯定，方圆一千千米内没有船了。

在登上海山顶峰的时候，冯帆感觉此生足矣，那时他可以从容地去死。但现在，他突然变成了世界上最怕死的人。他攀登过岩石的世界屋脊，这次又登上了海水构成的世界最高峰，下次会登什么样的山呢？无论如何，他得活下去才能知道。几年前在珠峰雪暴中的感觉又回来了，那感觉曾使他割断了连接同伴和恋人的登山索，将他们送进了死亡世界，现在他知道自己做对了。如果真要通过背叛才能拯救自己的生命，他会背叛的。

他必须活下去，因为山无处不在。

纤 维
XIAN WEI

"喂,你走错纤维了!"

这是我到达这个世界后听到的第一句话,当时我正驾驶着这架 F-18 返回"罗斯福号",这是在大西洋上空的一次正常的巡逻飞行,不知怎的突然就闯进了这里,尽管我把加力开到最大,歼击机还是悬在这巨大的透明穹顶下一动不动,好像被什么看不见的力场固定住了。穹顶外面那颗巨大的黄色星球,围绕着星球的纸一样薄的巨环在它的表面投下阴影。我不像那些傻瓜,我并不认为自己是在做梦,我知道这是现实,理智和冷静是我的长项,正因为如此,我才通过了淘汰率高达百分之九十的严格选拔,登上了 F-18。

"请到意外闯入者登记处！当然，你得先下飞机。"那声音又在我的耳机中说。

我看看下面，飞机现在悬停的高度足有五十米。

"跳下来，这里重力不大！"

果然如此，我打开舱盖，双腿使劲想站起来，人却跳了起来，整个人像乘了弹射座椅似的飞出了座舱，轻轻地飘落在地。我看到在光洁的玻璃地面上有几个人在闲逛，他们让我感到最不寻常的地方就是太寻常了，这些人的穿着和长相，就是走在纽约大街上都不会引起注意的，但这种地方，这种寻常反而让人感觉怪异。然后我就看到了那个登记处，那里除了那个登记员已经有了三个人，可能都是与我一样的意外闯入者，我走了过去。

"姓名？"那个登记员问，那人又黑又瘦，一副地球上低级公务员的样子，"如果你听不懂这里的语言，就用翻译器。"他指了指旁边桌子上那一堆形状奇怪的设备，"不过我想用不着，我们的纤维都是相邻的。"

"戴维·斯科特。"我回答，接着问，"这是哪儿？"

"这儿是纤维中转站，您不必沮丧，走错纤维是常有的事。您的职业？"

我指着外面那个有环的黄色星球："那，那是哪儿？"

171

登记员抬头看了我一眼，我发现他面带倦容，无精打采，显然每天都在处理这类事，见这类人，已厌烦了，"当然是地球了。"他说。

"那儿怎么会是地球！"我惊叫起来，但很快想到了一种可能，"现在是什么时间？"

"您是问今天的日期吗？2001年1月20日。您的职业？"

"您肯定吗？"

"什么？日期？当然肯定，今天是美国新总统就职的日子。"

听到这里我松了一口气，多少有了些归宿感，他们肯定是地球人。

"戈尔那个白痴，怎么能当选总统？"旁边那三位中一个披着棕色大衣的人说。

"您搞错了，当选总统的是布什。"我对他说。

他坚持说是戈尔，我们吵了起来。

"我听不明白你们在说些什么。"后面的一个男人说，他穿着一件很古典的外套。

"他们两个的纤维距离较近。"登记员解释说，又问我："您的职业，先生？"

"先别扯什么职业，我想知道这是哪儿？外面这个星球绝不是地球,地球怎么会是黄色的?"

"说得对!地球怎么会是这种颜色?你拿我们当白痴吗?"披棕色大衣的人对登记员说。

登记员无奈地摇摇头:"您最后这句话是虫洞产生以来我听到的最多的一句话。"

我立刻对披棕色大衣的人产生了亲切感,问他:"您也是走错纤维的吗?"尽管我自己也不理解这话的意思。

他点点头:"这两位也都是。"

"您是乘飞机进来的?"

他摇摇头:"早上跑步跑进来的,他们两位的情况有些不同,但都类似,走着走着,突然一切都变了,就到了这儿。"

我理解地点点头:"所以你们一定明白我的话:外面那个星球绝不是地球!"

他们三个都频频点头,我得意地看了登记员一眼。

"地球怎么会是这种颜色?拿我们当白痴?"披棕色大衣的人重复道。

我也连连点头。

"连白痴都知道,地球从太空中看是深紫色的!"

在我发呆的当儿,穿古典外套的人说:"您可能是色盲吧?"

我又点头:"或者真是个白痴。"

穿古典外套的人接着说:"谁都知道地球的色彩是由其大气的散射特性和海洋的反射特性决定的,这就决定了它的色彩应该是……"

我不停地点头,穿古典外套的人说着也对我点头。

"……是深灰色。"

"你们都是白痴吗?"那个姑娘第一次说话了,她身材袅窕、面容姣好,如果我这时不是心烦意乱,会被她吸引住的,"谁都知道地球是粉红色的!它的天空是粉红色的,海洋也是,你们没听过这首歌吗:'我是一个迷人的女孩儿,蓝色的云彩像我的双眸,粉红的晴空像我的脸蛋儿……'"

"您的职业?"登记员又问我。

我冲他大喊起来:"别急着问什么职业,告诉我这是哪儿?这儿不是地球!就算你们的地球是黄色的,那个环是怎么回事?"

这下我们四个走错纤维的人达成了一致,他们三个都同意说地球没有环,只有土星、天王星和海王星才有环。

姑娘说:"地球只不过是有三颗卫星而已。"

"地球只有一颗卫星!"我冲她大叫。

"那你们谈情说爱时是多么乏味,你们怎么能体会到两人手拉手在海边上，一月、二月和三月给你们在沙滩上投下六个影子的浪漫？"

穿古典外套的人说："我觉得那情形除了恐怖没什么浪漫，谁都知道地球没有卫星。"

姑娘说："那你们谈情说爱就更乏味了。"

"您怎么能这么说？两人在海滩上看着木星升起，乏味？"

我不解地看着他："木星？木星怎么了？你们谈恋爱时还能看到木星？"

"您是个瞎子吗？"

"我是个飞行员，我的眼睛比你们谁都好！"

"那您怎么会看不到一颗准恒星呢？您怎么这么看着我？您难道不知道木星因为质量太大，其引力在八千万年前引发了内部的核反应，使其变成了一颗准恒星吗？您难道不知道恐龙因此而灭绝吗？您没有上过学吗？就算如此，您总看到过木星单独升起时那银色的黎明吧？您总看到过木星与太阳一同落下时那诗一般的黄昏吧？唉，您这个人啊。"

我感觉像来到了疯人院，便转向登记员："你刚才问我的职业，好吧，我是美国空军少校飞行员。"

"哇！"姑娘大叫起来，"您是美国人？"

我点点头。

"那您一定是角斗士吧！我早看出您不一般。我叫哇哇妮，印度人，我们会成为朋友的！"

"角斗士？那和美国有什么关系？"我一头雾水。

"我知道美国国会是打算取消角斗士和角斗场的，但现在这个法案不是还没通过吗？再说布什与他老子一样，是个嗜血者，他上台法案就更没希望通过了。您觉得我没有见识是吗？最近一次在亚特兰大的角斗会我可是去了的，唉，买不起票，只在最次的座位上看了一场最次的角斗，那叫什么？两人扭成一团，刀都掉了，一点儿血都没见。"

"您说的是古罗马的事吧？"

"古罗马？呸，那个绵软的时代，那个没有男人的时代，那时最重的刑罚就是让罪犯看看杀鸡，他百分之百会晕过去。"她温情地向我靠过来，"您就是角斗士。"

我不知该说什么了，甚至不知该有什么表情，于是又转向了登记员："您还想问什么？"

登记员冲我点点头："这就对了，我们十个人应该互相配合，事情就能快点完。"

我、哇哇妮、披棕色大衣的人和穿古典外套的人都四下看看："我们只有五个人啊？"

"'五'是什么？"登记员一脸茫然，"你们四个加上我不就是十个吗？"

"你真是白痴吗？"穿古典外套的人说，"如果不识数我就教你，达达加一才是十！"

这次轮到我不识数了："什么是达达？"

"你的手指和脚趾加起来是多少？十个；如果砍去一个，随便手指或脚趾，就剩达达个了。"

我点点头："达达是十九，那你们是二十进制，他们，"我指指登记员，"是五进制。"

"您就是角斗士……"哇哇妮用手指亲昵地触摸着我的脸说，感觉很舒服。

穿古典外套的人轻蔑地看了一眼登记员："多么愚蠢的数制，你有两只手和两只脚，计数时却只利用了四分之一。"

登记员大声反驳："你才愚蠢呢！如果你用一只手上的指头就能计数，干吗还要把你的另一个爪子和两个蹄子都伸出来？"

我问大家："那你们的计算机的数制呢？你们都有电脑吧？"

我们再次达成了一致，他们都说是二进制。

披棕色大衣的人说："这是很自然的，要不计算机就很难发明出来。因为只有两种状态：豆子掉进竹片的洞中或没掉进去。"

我又迷惑了："……竹片？豆子？"

"看来你真的没上过学，不过周文王发明计算机的事应该属于常识。"

"周文王？那个东方的巫师？"

"你说话要有分寸，怎么能这样形容控制论的创始人？"

"那计算机……您是指的中国的算盘吧？"

"什么算盘，那是计算机！占地面积有一个足球场那么大，用竹片和松木制造，以黄豆作为运算介质，要一百多头牛才能启动呢！可它的CPU做得很精致，只有一座小楼那么大，其中竹制的累加器是工艺上的绝活。"

"怎么编程序呢？"

"在竹片上打眼儿呀？那个出土的青铜钻头现在还保存在北京的故宫博物院里呢！周文王开发的'易经3.2'，有上百万行代码，钻出的竹条有上千千米长呢……"

"您就是角斗士……"哇哇妮依偎着我说。

登记员不耐烦地说："我们先登记好吗？之后我再试着向你们解释这一切。"

我看着外面那有环的黄色地球沉思了一会儿，说：

"我好像明白一些了,我不是没上过学,我知道一些量子力学。"

"我也明白一些了。"穿古典外套的人说,"看来,量子力学的多宇宙解释是正确的。"

披棕色大衣的人是这几个人中看上去最有学问的,他点点头说:"一个量子系统每做出一个选择,宇宙就分裂为两个或几个,包含了这个选择的所有可能,由此产生了众多的平行宇宙,这是量子多态叠加放大到宏观宇宙的结果。"

登记员说:"我们把这些平行宇宙叫纤维,整个宇宙就是这样一个纤维丛,你们都来自临近的纤维,所以你们的世界比较相似。"

我说:"至少我们都能听懂彼此的语言。"刚说完,哇哇妮就部分否定了我的话。

"妙名其莫!你们都在说些什么?"她最没学问,但最可爱,而且我相信,那个词在她的纤维中就是那个顺序,她又冲我温柔地一笑:"您就是角斗士。"

"你们打通了纤维?"我问登记员。

他点点头:"只是超光速航行的附带效应,那些虫洞很小,会很快消失的,但同时又有新的出现,特别是当你们的纤维都进入超光速宇航时代时,虫洞就更多了,那时会有更多的人走错门的。"

"那我们怎么办呢？"

"你们不能驻留在我们的纤维，登记后只能把你们送回原纤维。"

哇哇妮对登记员说："我想让角斗士和我一起回到我的纤维。"

"他要愿意当然行，只要不留在这个纤维就行。"他指了一下黄地球。

我说："我要回自己的纤维。"

"您的地球是什么颜色的？"哇哇妮问我。

"蓝色，还点缀着雪白的云。"

"真难看！跟我回粉色的地球吧！"哇哇妮摇着我娇滴滴地说。

"我觉得好看，我要回自己的纤维。"我冷冷地说。

我们很快登记完了，哇哇妮对登记员说："能给件纪念品吗？"

"拿个纤维镜走吧，你们每人都可以拿一个。"登记员指着远处玻璃地板上散放着的几个球体说，"分别之前把球上的导线互相连接一下，回到你们的纤维后，就可以看到相关纤维的图像。"

哇哇妮惊喜极了："如果我和角斗士的球联一下，那我回去后可以看到角斗士的纤维了?"

"不仅如此,我说过是相关纤维,不止一个。"

我对登记员的话不太明白,但还是拿了一个球,把上面的导线与哇哇妮的球连了一下,听到一声表示完成的蜂鸣后,就回到了我的 F-18 上,座舱里勉强能放下那个球。几分钟后,纤维中转站和黄色地球都在瞬间消失,我又回到了大西洋上空,看到了熟悉的蓝天和大海,当我在"罗斯福号"上降落时,塔台的人说我没有耽误时间,还说无线电联系也没有中断过。

但那个球证明我到过另一个纤维,我设法偷偷从机舱中拿回了球。当天晚上,航母在波士顿靠岸了,我把那个球带到军官宿舍。当我从大袋子中把它拿出来时,球上果然显示出了清晰的图像,我看到了粉色的天空和蓝色的云,哇哇妮正在一座晶莹的水晶山的山脚下闲逛。我转动球体,看到另一个半球在显示着另一幅图像,仍是粉色的天空和蓝色的云,但画面上除了哇哇妮还有一个人,那人穿着美国空军的飞行夹克,那人是我。

其实事情很简单:当我做出了不随哇哇妮走的决定时,宇宙分裂为二,我看到的是另一种可能的纤维宇宙。

纤维镜伴随了我的一生,我看着我和哇哇妮在粉红色的地球上恩恩爱爱,隐居在水晶山,生了一大群粉红色的

181

娃娃,白头到老。

  在哇哇妮孤身回到的那个纤维,她也没有忘记我。在我们走错纤维三十周年那天,我在球体相应的一面上看到她挽着一个老头的手,亲密地在海边散步,一月、二月和三月把他们的六个影子投在沙滩上,这时哇哇妮在球体中向我回过头来,她的眸子已不像蓝色的云,脸蛋也不再像粉红色的天空,但笑容还是那么迷人,我分明听见她在说:

  "您就是角斗士!"